KB168316

바다의 파도에
몸을 실어, ≈≈≈≈ 서핑!

바다의 파도에 몸을 실어, 서핑!

초판 1쇄 발행 2019년 7월 10일

지은이 김민주
펴낸이 이지은　　　**펴낸곳** 팜파스　　　**책임편집** 이은규
디자인 박진희　　　**마케팅** 김서희　　　**인쇄** 케이피알커뮤니케이션

출판등록 2002년 12월 30일 제10-2536호
주소 서울시 마포구 어울마당로5길 18 팜파스빌딩 2층
대표전화 02-335-3681　　　**팩스** 02-335-3743
홈페이지 www.pampasbook.com | blog.naver.com/pampasbook
페이스북 www.facebook.com | pampasbook2018
인스타그램 www.instagram.com | pampasbook
이메일 pampas@pampasbook.com

값 13,000원
ISBN 979-11-7026-249-7 (03180)

이 도서의 국립중앙도서관 출판예정도서목록(CIP)은 서지정보유통지원시스템 홈페이지
(http://seoji.nl.go.kr)와 국가자료공동목록시스템(http://www.nl.go.kr/kolisnet)에서
이용하실 수 있습니다.(CIP제어번호: CIP2019021310)

Small
Hobby
Good
Life
01

바다의 파도에
몸을 실어, 서핑!

김민주 지음

허우적거릴지언정
잘 살아 갑니다

팜파스

차례 〰

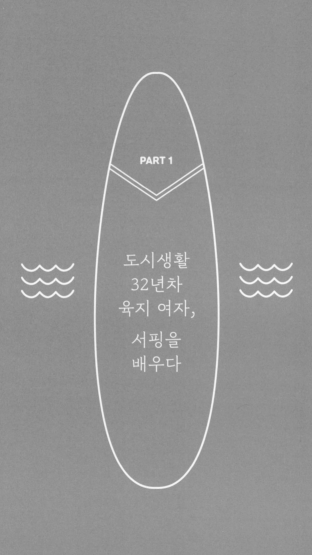

PART 1

도시생활
32년차
육지 여자,

서핑을
배우다

왜 서핑을
하게 됐어요?

≋

≋

　　　　　　　서핑. 파도를 타고 바다 위를
달리는 모습은 너무 멋있지만, 자전거를 타거나 배드민턴을
치는 것처럼 선뜻 하기에는 망설여진다. 나도 그랬다. 화보
에서나 볼 수 있는 장면 같은 느낌이었다. 모델이나 연예인
만 화보를 찍듯이 서핑도 '특별한' 사람들만 하는 것이라고
생각했다. 운동선수이거나, 돈이 많거나, 외국에서 살았거
나⋯⋯. 서울에서 평범하게 직장을 다니는 나와는 다른, 그
런 사람들만 하는 것. 버킷 리스트처럼 죽기 전에 '한 번쯤' 해
보고 싶은 목록에 넣을 수는 있겠지만, 서핑을 매일 하면서
산다는 건 당연히 불가능하다고 여겼다. 일단 나는 서울에

서 직장을 다녀야 했고, 매일 서핑을 즐길 만큼의 돈과 시간은 없다고 생각했기 때문이다. 그랬던 내가 지금 바다에 살며 파도 올라올 날만 기다리고 있다. 서울에서 태어나 경제와 문화 환경이 잘 조성된 도시의 삶을 벗어나 본 적이 없는 내가 어쩌다 서핑 때문에 홀로 제주에 내려와 살게 됐을까.

나에겐 충격 요법이 필요했다. 남의 시선을 신경 쓰지 않고 나에게 집중하며 자신감을 회복할 방법을 찾고 싶었다. 하지만 사람 고쳐 쓰는 것 아니라고 하듯, 나 자신을 변화시키는 일은 쉽지 않았다. 그래서 이왕 할 거면 내가 못할 것 같았던 일을 해 보기로 했다. 개그우먼 이영자는 '내가 죽어도 못 할 것 같던 일 하나를 하면 인생이 바뀐다.'고 했다. 정말 나는 내 생애 없을 것 같던 변화를 겪고 있다. 생각해 보면 이 모든 것의 시작은 서핑이었다.

나는 어렸을 때부터 타인의 말과 평가에 유난히 신경을 많이 쓰는 타입이었다. '남들에게 피해 줘서는 안 된다', '어디서든 적을 만들지 마라'를 강조하신 엄마의 훈육과 나의 선천적 기질이 융합되면서, 남들이 안 좋게 생각할까 봐 말 한마디, 작은 행동 하나도 다음날 이불 속에서까지 되짚어 보는 아이로 자랐다. 엄마는 친구와 싸우고 들어오면 "싸울 일을 만들지 말고 그냥 네가 양보하지 그랬니"라고 하셨다. 나는 싸우지 않기 위해서 내가 갖고 싶은 것, 하고 싶은 것을 참으며 상대방이 원하는 대로 맞춰 줘야 한다고 생각했다.

하지만 나도 내 감정에 충실하고자 하는 욕구가 있는지라, 나도 모르게 퉁명스러운 말이나 행동이 튀어나올 수밖에 없었다. 그러고 나서는 그런 언행을 본 상대방이 나를 싫어하지는 않을지 오래도록 걱정하고 눈치를 살피곤 했다. 실은 내 행동이 어땠는지 온종일 곱씹으며 기억하는 친구는 없고, 내가 퉁명스럽게 말했는지조차 그 아이는 몰랐을 가능성이 높은데도 말이다.

학교를 졸업하고 직장 생활을 하면서, 이런 나의 성격은 나 자신을 더 괴롭혔다. 직장 내의 다양한 권력 관계 속에서 시시때때로 내가 부당한 상황에 처해도, 남들이 나를 안 좋게 평가할까 봐 나를 변호하는 말 한마디 못하고 넘어갔다. 내가 나를 지키기는커녕, 혹시 누군가에게 밉보이지는 않을지 다른 사람들의 시선과 기분을 내 감정보다 먼저 신경 쓰곤 했다.

기분 좋게 회식을 마치고 밤늦게 귀가한 어느 날, 술에 취한 선배로부터 '마음에 안 든다'는 내용의 문자 테러를 당했다. 나와는 10년 넘게 경력 차이가 나는 다른 팀의 선배였는데 작은 오해를 하시곤 술김에 보내신 것 같았다. 직장이라는 곳은 모든 사람에게 내 사정을 이해시킬 수는 없는 곳이긴 하다. 친구 사귀러 다니는 곳은 아니니까. 그래서 속마음을 터놓고 의지하려 하지 말고 서로 가면을 쓰고 대하는 게 낫다는 사람도 있다. 접대용 얼굴로 말이다. 진짜로 좋아하는 사람을 만나기도 힘들지만, 특별히 적을 만들지도 말아야 할 곳. 그런 곳에서 대선배에게 찍혔다고 생각하니 눈앞이 캄캄했다. 스트레스를 잔뜩 받는 것은 물론 일에 대한 자신감도 뚝뚝 떨어지기 시작했다. 그분은 고작 2년 차였던 나보다 아는 사람도 훨씬 많고 영향력도 큰데, 나 하나 매장하는 것은 식은 죽 먹기 아닐까 싶었다. 게다가 워낙 성격도 거침없고 직설적인 화법으로도 유명한 분인지라 공개적인 자리에서 내게 망신을 주면 어떻게 대응해야 할지도 걱정되기 시작했다.

혼자 눈치 보며 끙끙 앓다가 가까운 선배 둘에게 털어놓았다. 선배들은 '신경 쓰지 마라', '네 잘못이 아니다', '만약에 또 뭐라고 하면 왜 그러시냐고 대응해라' 등 조언과 위로(?)를 건넸다. '그런 말을 듣고 왜 가만히 있냐', '당당하게 반박

을 해야 했다'고도 말했다. 사실 나는 그 문자를 받고 '오해
가 있으신 것 같지만 죄송하다'고 답장을 보낸 터였다. 선배
들은 '잘못한 게 없는데 왜 죄송하다는 답장을 보냈냐'며 안
타까워했다.

지금 생각해 보면, 이 행동은 정말 바보 같았다. 갈등을 피하고, 내게 안 좋은 감정을 가진 사람을 달래면서도 정작 내 감정은 내가 짓밟았기 때문이다. 불쾌하고 당황스러운 내 마음보다, 나에 대해 아니꼬운 마음을 가진 그 선배의 감정을 우선시했던 것이다. 그건 결국 고스란히 다시 내 마음에 상처가 됐다. 내가 내게 상처를 준 셈이었다. 남의 마음은 어쩔 줄 몰라 하며 신경 쓰면서 내 마음에는 '힘들어도 참으라'는 식으로 대했다.

이런 감정은 '나는 못 해', '나는 별로야', '나는 약해'라는 자존감 하락으로 이어졌다. 그렇게 살다 보니 어느 순간부터 어느 누구에게도 위로받지 못하는 나의 감정이 항의하기 시작했다. 누구보다 나를 가장 아껴 줘야 할 내가, 왜 다른 사람 신경 쓰느라 내 마음의 소리를 듣지 못하고 솔직하지 못했을까 후회가 밀려왔다. 나에게 너무 미안했다.

내게 필요한 것은 '내가 원하는 것은 내가 이룰 수 있다'는 단단한 마음, 누군가로부터 부당하게 공격 받더라도 내가 나를 지킬 수 있다는 믿음이었다. 하지만 자신감을 갖자고 수천 수백 번 머리로 생각한다고 해서 현실이 바뀌는 건 아니었다. 몸의 근육도 습관대로 굳어지듯이 마음에도 근육이 있어 살아온 방식대로 살게 된다. 마음도 몸의 일부고, 몸과 긴밀하게 연결되어 있다. 오랜 시간 동안 특정한 모양으로 굳어진 마음의 모양을 바꾸기 위해서는 몸을 다르게 움직여야 했다. 나는 새로운 나를 만들기 위해서 이전의 나라면 영영 하지 않았을 것, '나는 못 할 거야'라는 무기력한 생각 때문에 도전하지 않았던 것, 서핑을 해 보기로 했다.

나는 물도 좋아하고 스피드도 좋아하기 때문에 예전부터 서핑에 관심이 있었다. 서핑이 대중화되면서 서핑이 가능한 해수욕장마다 서핑숍들이 많이 생겼다. 하고자 한다면 단돈 몇만 원으로 손쉽게 서핑을 배울 수 있었다. 하지만 이런 상황에서도 나는 서핑은 내가 할 수 있는 영역 밖의 것이라고 생각했다. 줄곧 도시에서만 살아온 내게 바다에서 해야 하는 서핑은 지리적으로도 내 활동 영역 밖이었다. 한 번 체험할 것이 아니라 지속적으로 하려면 비용이 많이 들 것 같았다. 무엇보다도 서핑은 관객의 자리가 아니라 무대에 서서 온전히 자신이 하고 싶은 대로 움직여 보는 것이라고 생각했다. 해변에 있는 저 많은 사람이, 내가 어떻게 물에 빠지고 어떻게 파도를 타는지, 다 보면서 평가할 것만 같았다.

하지만 내게는 충격 요법이 필요했기에, 부담을 느낄수록 서핑을 해야겠다고 생각했다. 서핑하는 것이 부담스럽게 느껴지는 이유들조차 스스로 만들어낸 것일수도 있었다. 해서는 안 되는 일도 아닌데 왜 못해? 이런저런 이유를 대면서 내가 내 발목을 잡고 있는 게 아닐까? 나는 스스로에게 뭔가를 보여 줘야 했다. 나를 믿어도 된다고 말이다. 서핑에 도전한다고 해서 내 마음의 소리보다 남들 입에 더 전전긍긍하며 살아온 성격이 하루아침에 고쳐지지는 않겠지만, 계속 똑같이 살면 변화는 시작될 수 없을 테니까. 멋지게 서핑을 하는 모습까지는 필요 없었다. 하느냐, 못 하느냐의 문제였다.

 행복 게이지 0

뭐가 그렇게
부끄러웠을까?

〰

〰

서핑숍에 강습을 예약했다. 미용실이나 레스토랑 예약보다는 머뭇거려지면서 병원 예약보다는 설레는 오묘한 감정이었다. 예약한 날이 다가올수록 긴장되기 시작했다. 놀러 간다기보다는 미션을 해치워야 한다는 느낌이 들었기 때문이다. 설상가상으로 날씨마저 궂어 취소하고 싶은 마음이 굴뚝 같았다. 이 미션은 내가 나에게 준 미션이니 언제든지 없앨 수 있었다. 하지만 내가 나만을 위해 만든 미션이라는 그 사실 때문에 예약을 취소할 수 없었다. 타인의 기준에 휘둘리지 않고 내가 나를 인정할 수 있기 위해선 무엇보다도 나와의 약속부터 지켜야 했기 때문이다.

이승욱 작가의 『포기하는 용기』(북스톤, 2018)에 나오는 구절을 되내었다. '자신을 인정하기 위한 과정은 세상에 알릴 필요도 없고, 타인의 확인도 필요 없는 오로지 스스로에 대한 약속, 스스로가 인정할 수 있는 기준을 이행한 약속이어야 합니다.'

어릴 때 읽었던 퇴계 이황 선생의 위인전 내용 중에 아직도 기억나는 것이 있다. 퇴계 이황 선생이 '혼자 있을 때에 몸가짐을 단정하게 하고 모든 행동을 예의 바르게 해야 한다'는 어머님의 가르침을 따라 혼자 있을 때에도 흐트러지지 않았다는 대목이다. 아무도 없는 방 안에서 깔끔한 옷을 입고 바른 자세로 앉아 책을 읽는 모습을 그린 삽화도 기억난다. 이 부분을 처음 읽었을 때부터 줄곧 나는 '그분 참 융통성 없다'고 생각했다. 혼자 있을 때만큼은 마음껏 흐트러져야지, 불편하게 굳이 옷 다 갖춰 입고 허리 꼿꼿하게 앉아 있을 필요가 있나?

하지만 요즘에는 이 이야기가 단지 고지식하게 원칙주의자로 살아야 한다는 말이 아니라, 남이 보건 보지 않건 내 모습이 자기 자신에게 흡족한 모습이어야 한다는 의미로 다가온다. 그 모습이 조선 시대의 선비들에게는 항상 단정하고 예의 바른 모습이었을 것이고, 나에게는 남에게 보여주기 위해서가 아니라 내가 떳떳하고 행복하기 위해 무언가를 하는 모습일 것이다.

내게 서핑을 배운다는 것은 단순히 놀러 가는 것 이상으로, 남의 시선 신경 쓰지 않고 내가 하고 싶은 것을 좇는다는 의미이기도 했다. 첫 서핑 강습을 받으러 바다로 향하는 발걸음이 가볍지만은 않았지만, 그 의미가 내게는 간절했기 때문에 꿋꿋하게 갔다.

중문색달해변 주차장에서 예약해 둔 서핑숍의 강사님들을 만나 이름을 말하고, 강습비를 입금하고, 갈아입을 대여용 서핑 슈트를 받았다. 5월 초였지만 비 온 후 바람이 세게 부는 흐린 날이었기 때문에 쌀쌀했다. 그때는 몰랐지만 5월은 날씨보다 물 온도가 더 차가운 시기이기 때문에 전신 슈트 착용은 필수였다. 서핑 슈트는 물의 유입을 최소화하고, 들어온 물은 잘 빠져나가지 않게 해 준다. 슈트 안에서 체온에 데워진 물 덕분에 덜 춥다. 또한 보드에 피부가 쓸리는 것을 방지해 주고, 부력이 있어 수영을 잘 못 해도 물에 쉽게 뜰 수 있게 해 준다.

아무리 유용하다지만 막상 슈트를 입는 마음은 편치 않았다. 슈트는 두께 3mm 정도의 고무 재질로 되어 있는데, 몸에 착 붙는 스타일이라 입는 과정도 순탄치 않았다. 게다가 대여용 슈트라 여러 사람의 피부에 밀착되었던 옷이라고 생각하니 더욱더 쉽지 않았다. 슈트를 입고 사람들 사이를 지나 해변까지 내려가는 길은 마치 순간 이동한 것처럼 기억이 잘 안 난다. 그다지 즐겁지 않았거나 조금 부끄러웠나? 아니, 너무 부끄러워서 정말 순간 이동하고 싶었는지도 모른다.

그곳에 있던 사람들 모두 비슷비슷한 몸매인데 뭐가 그렇게 부끄러웠을까. 연예인이나 모델의 몸매를 기준으로 거울 속의 나를 평가했기 때문이 아니었을까. 여담이지만, 1년이 지난 지금은 슈트를 입고 어디든 다닐 수 있을 정도가 되었다.

슈트를 입고 부끄러움이 채 가시기 전 다른 강습생들과 함께 모래사장에 일렬로 앉자 지상 강습이 시작되었다. 강사님은 오늘은 바람이 센 편이라 위험한 날씨라고 설명하며, 안전 수칙부터 가르쳐 주었다. 서핑은 굉장히 매력적이지만 위험하기도 하다고. 오랜 기간 서핑을 해 온 강사님조차도 서핑하다 크게 다친다고 했다. 강사님들도 코가 부러지고 얼굴이 찢어진다고 하니, 순간 겁이 나기도 했다. 반드시 서프보드와의 충돌을 조심하고, 옆 사람을 주의해야 한다고 했다.

파도가 갖고 있는 운동 에너지를 내가 받아서 파도의 진행 방향으로 같이 나가는 게 좋은 예라면, 그 반대는 내가 다치거나, 타인을 다치게 하는 지름길이다. 서프보드는 길쭉하게 생겼는데, 파도와 직각으로 두어야 한다. 항상 내 보드는 내가 제어해야 하며, 보드가 어디에 있는지, 주변 사람과의 충돌 위험은 없는지 주시해야 한다. 바람이 세면 파도도 이리저리 치고 보드가 바람에 날아가는 경우도 있기 때문에 더욱 위험하다. 만약 친구와 같이 서핑을 배우러 왔다면 친구가 어떻게 타는지 넋 놓고 구경해서는 안 된다. 구경하다가 내 보드 제어에 소홀하게 되어 사고로 이어질 수 있기 때문이다. 내 보드를 내가 챙기는 것이 무조건 1순위다. 내 것을 내가 지키는 것이 당연한 일이지만, 내가 내 것을 지킨 결과가 남을 보호하는 일이라니, 육지와는 다른 바다의 섭리였다.

안전 수칙 설명이 끝난 후에는 패들링 자세를 배웠다. 서프보드 위에 엎드려서 팔로 노를 젓는 자세였다. 서핑은 파도를 타는 것이지만, 이를 위해서는 우선 파도를 탈 수 있는 위치인 라인업(Lineup)까지 패들링(Paddling)해서 나가야 한다. 그렇게 바다에 나가서 파도를 기다리다가 탈 수 있는 적당한 파도가 오면 또 패들링을 해서 파도를 잡아야 한다. 파도가 쓱 밀어주는 느낌이 들면 파도를 잡은 것이다. 이건 내가 팔을 휘저어 보드를 움직이는 느낌과는 완전히 다르다. 허우적대는 내게 파도가 호응해 주는 느낌이다. '이리와, 내가 밀어줄게'라고 파도가 속삭이는 것 같다. 대부분의 사람이 처음으로 서핑에 빠져들게 되는 순간이 파도가 밀어주는 느낌을 느꼈을 때이다. 파도를 잡으려면 패들링을 해서 파도와 속도를 맞춰야 한다. 내가 파도보다 느리면 파도가 나를 지나가 버린다. 패들링을 하지 못한다면 서프보드 위에 서서 파도를 타는 라이딩(Riding)도 할 수 없다. 처음 서핑을 배우는 사람들은 혼자 파도를 잡기가 어려우니, 파도가 오면 강사님이 뒤에서 밀어주고 파도와 함께 움직이는 서프보드 위에 두 발로 서는 테이크 오프(Take off) 연습을 한다.

본격적으로 해상 강습이 시작되어 보드를 들고 바다에 들어가는 순간, 나 자신이 너무 어색하게 느껴져 견딜 수가 없었다. 배운 대로 패들링 자세를 잡아 보고, 물속에서 보드를 어떻게 잡고 이동해야 하는지에만 집중하면 될 일이었다. 하지만 보드 위에 제대로 서지 못하고 파도에 휩쓸려 물에 빠지면, 그런 내 모습을 사람들이 구경하면서 '쟤 왜 이렇게 못하냐'고 할 것만 같은 생각에 사로잡혀 있었다. 내 모습이 남들에게는 어떻게 보일지 신경 쓰느라 다른 모든 것이 어색할 뿐이었다.

하지만 아무도 나를 보지 않았다. 물 밖에 있는 사람도, 물 안에 있는 사람도 아무도 나를 신경 쓰지 않았다. 내 주변에는 다 나처럼 못하는 사람들(나의 서핑 입문 동기들)이 가득했다. 모두 각자의 보드를 붙잡고 있느라, 계속 물에 빠지고 보드 위에서 넘어지느라 정신없었다. 다른 사람 구경할 겨를이 없었다. 물에 빠져 허우적대다 정신 차리고 나면 바로 다음 파도가 온다. 이번 파도와 다음 파도, 그 다음 파도는 모두 다른 크기와 모양이기 때문에 한 파도를 보내고 나면 바로 다음 파도에 집중해야 한다. 주변 사람들에게 피해 주지 않도록 규칙만 지킨다면, 서핑은 오로지 나와 파도만의 시간이었다.

지금도 가끔 "못 하면 창피하잖아요."라고 말하는 사람들을 만나곤 한다. 하지만 사람들은 본인이 탈 파도 보느라 남들이 어떻게 타는지 생각보다 많이 신경 쓰지 않는다. 더구나 파도를 못 잡거나, 제대로 일어서지 못하거나, 보드에서 미끄러지는 모습을 보더라도 흉보지 않는다. 남에게 피해를 주는 행동을 하는 경우에는 손가락질하겠지만, 못한다고 욕하는 사람들은 아직 만나 본 적이 없다. 정해진 성공의 모습

을 갖추느라 급급했던 우리에게, 각자의 속도와 스타일을 존중받는 서핑은 조금 낯선 것일지도 모르겠다.

파도에 집중하는 시간을 보내면서, 다른 사람들이 나를 쳐다보는지 아닌지 까맣게 잊었다. 사람들의 시선이 신경 쓰여 못할 것 같았던 서핑은, 사람들의 시선을 이겨내는 방법이 아니라 아예 사람들의 시선을 내 머릿속에서 삭제해 주었다. 그리고 오로지 나에게 집중하는 방법을 가르쳐 주었다.

바다는 나를 평가하지 않는다. 바다는 매번 다른 파도를 보내주지만, 그 파도를 타기 위해서 내가 노력하면, 기꺼이 나를 받아 준다. 만약에 파도를 타지 못해도 곧바로 다음 파도를 보내 준다. 지나간 나의 행동과 이미 내뱉은 말을 곱씹으며 나 참 별로였다고 타박할 시간이 없다. 얼른 일어나서 다음 파도는 잘 탈 수 있도록 노력하는 수밖에 없다.

사실 내가 살아온 세상도 비슷했을 것이다. 내가 어떤 실수나 잘못을 했다고 그걸 두고두고 손가락질하는 사람은 없다. 서로 조금씩은 민폐도 끼치고 욕도 하지만, 금세 다시 덮어 주고 살아간다. 나도 나에게 그렇게 했으면 될 일 아니었을까. 이 세상에서 내게 가장 엄격했던 사람이 있다면 그건 바로 내가 아니었을까. '남들이 뭐라 하든 크게 신경 쓸 것 없다'는 말을 여태까지는 머리로만 알았다면 이제는 조금이나마 마음으로도 알 것 같았다. 파도가 나에게 계속 기회를 주는 것처럼, 내가 누구보다 나를 가장 많이 격려하고 기회를 주면서 내 길을 걸어갈 수 있을 것 같다. 종종 파도와 나만의 시간을 가지면서.

행복 게이지 20

짜릿함을 위한
전제 조건

≋

≋

　　"엎드렸다 일어나는 거(테이크 오프) 누가 못해요. 파도를 뚫고 라인업까지 가야 테이크 오프든 뭐든 할 수 있어요. 서핑 실력은 패들이 많이 좌우해요. 패들이 정말 중요해요."

　　흔히 '서핑' 하면 파도를 타고 있는 라이딩 모습을 많이 떠올린다. 하지만 실제로 서핑을 해 보면 바다에 있는 시간 중 라이딩을 하는 시간은 다 해 봐야 몇 분 안 된다. 나의 경우, 한 번 파도를 잡았을 때 보드 위에 일어서서 파도를 타는 시간은 10초를 넘기기가 힘들다.

　　"파도를 타고 보드 위에 서서 미끄러져 오면 정말 재밌어요. 근데 몇 초 안 돼요. 그 짧은 재미를 위해 파도를 뚫고 가야 하는 거예요."

파도를 탈 수 있는 지점까지는 오로지 내 힘으로 가야 한다. 간혹 바다 깊은 곳 한가운데에 라인업이 있는 해외 어느 바다는 배 타고 들어가는 경우도 있다고 하지만, 대부분의 경우는 해변에서부터 패들링을 해서 라인업까지 가야 한다. 그러다 보니 리프트가 시작 지점까지 고이 데려다주는 스키장의 시스템이 부러울 때가 있다. 하지만 서핑은 자연 속에서, 자연이 만들어 주는 파도를 인간이 잠시 빌려서 타는 것이기 때문에 인간의 편의를 위한 시스템이란 없다.

얕은 곳이라면 보드를 밀면서 걸어가도 되지만, 대부분은 발이 닿지 않는 곳이다. 더는 걸어갈 수 없는 지점부터는 보드 위에 올라가 패들링을 해서 나가야 한다. 파도가 밀고 들어오는 힘을 뚫고 나가야 하는 것이기 때문에 많은 힘이 필요하다. 간혹 큰 파도가 덮쳐서 뒤로 밀리면 라인업하는 시간은 배가 된다. 라인업에 도착하기도 전에 체력이 바닥나서 정작 파도를 제대로 타지 못하기도 한다. 그래서 강사님은 서핑을 하기 위해서는 일단 패들링 실력이 전제돼야 한다고 했다. 올바른 패들링 자세가 중요하다며 모래사장에 보드를 놓고 그 위에 엎드리게 한 채 계속 패들링 연습을 시켰다.

패들링은 급하게 하면 할수록 더 안 된다. 팔만 빨리 휘젓는다고 빨리 앞으로 나갈 수 있는 것이 아니다. 보드가 물 위에 떠서 움직이는 것이기 때문에 급하게 하다 균형을 잃게 되면 더 속도 내기가 힘들다. 팔을 저어 물을 당겨 앞으로 나아가는 힘만큼이나 몸통과 다리 근육으로 중심을 잡는 것도 중요하다. 몸의 무게 중심이 자꾸 흔들리면 에너지가 분산되어 속도가 빨라지기 어렵기 때문이다. 어떤 사람은 패들링을 자동차 기어에 비유했다. 자동차를 운전할 때 처음부터 5단 기어를 넣고 가지 않듯 패들링도 처음에는 천천히 시작해서 점점 속도를 내야 한다고 했다.

패들링을 잘하기 위해서는 팔근육을 비롯해 코어 근육, 등 근육도 중요하고 정신력도 중요하다. 라인업하는 도중에 큰 파도가 깨져서 거대한 거품이 나를 향해 올 때, 그대로 그 파도를 맞으면 뒤로 많이 밀릴뿐더러 위험하기도 하다. 그럴 때는 터틀롤(에스키모롤)을 해야 한다. 터틀롤(Turtls roll)은 파도가 나를 덮치기 전에 보드를 뒤집어서 두 팔로 꽉 잡고, 나는 보드 아래 물속에 숨었다가 파도가 지나가면 잽싸게 보드를 다시 뒤집고 그 위에 올라가 패들링으로 전진하는 방법이다. 거북이가 구르는 모습과 비슷해서 터틀롤이라는 이름이 붙었다고 한다. 이 과정은 절대 여유롭지 않다. 파도가 깨지는 지점으로부터 빨리 빠져나가지 못하면 계속 파도를 맞으며 뒤로 밀릴 수밖에 없기 때문이다. 빨리 거북이가 되었다가 인간으로 돌아와, 코에 물이 들어가고 눈이 안 떠져도 자세를 잡고 패들링을 해서 바다로 나가야 한다.

바다의 조류가 센 상황에서도 패들링은 매우 중요하다. 조류에 휩쓸려 위험한 상황에 처하지 않기 위해서, 계속 좋은 위치에서 파도를 잡기 위해서라도 패들링을 쉬지 않으며 내 위치를 유지해야 한다. 서핑할 때 보드 위에 앉아 저 멀리서 오는 파도를 바라보며 유유자적하는 경우도 있지만, 조류에 끌려가지 않기 위해 쉴 새 없이 패들링 하며 자리를 잡느라 정신없는 경우도 있다.

패들링을 잘하면 잘할수록 더 빨리 그리고 더 자주 라인업 할 수 있어서 파도를 탈 기회가 그만큼 많아진다. 그리고 파도를 잡을 때도 패들링을 잘해야만 성공할 수 있다. 패들링을 잘 못한다는 건 바다에서의 이동이 서툴다는 것이기 때문에 서핑을 잘하기 위해서는 패들링 실력이 필수다. 패들링을 잘해야 그 다음 단계를 연습할 수 있는 셈이다.

잠깐의 짜릿함을 위해 갖춰야 할 것들과 견뎌야 할 것들이 많다. 한번 파도가 밀어주는 맛에 중독되면 그것을 잊지 못해 패들링 향상을 위한 훈련을 마다하지 않게 되지만, 결코 쉽지 않고 많은 시간이 필요하다. 패들 실력이 빈약하면 파도를 뚫고 라인업 할 수 없어 얕은 곳에서 거품 파도만 타야 하는 수가 있다. 많은 사람이 파도가 없는 날에도 바다에 나가 패들링 연습을 하는 이유도 좋은 파도가 들어올 때를 준비하기 위함이다. 그렇게 노력한 결과 바다에서 점점 더 자유롭게 움직일 수 있을 때, 나는 행복하다.

그저 나는 부러워만 하고
있을 건가?

모든 취미가 그렇겠지만 무언가를 제대로 즐기기 위한 단계로 가는 과정에는 일정한 진입 장벽들이 있다. 장비나 재료 구매, 센터 등록과 같은 환경 조성을 위한 비용, 같은 취미를 즐기는 친구를 만들기 위한 노력 같은 것들. 제주에서 서핑을 배우고 서울로 돌아온 후, 서핑이 너무 재밌어서 한 번 더 해 보고 싶었다. 하지만 정보도, 지식도, 장비도 없는 내게는 그게 그리 간단하지 않았다. 딱 한 번 해 봤으니 장비는 나중에 차차 산다고 해도, 일단 어디로 가야 하는지가 문제였다. 제주까지는 비행기로 1시간 남짓이지만, 제주 공항에서 파도가 있는 중문색달해변까지는 또 1시간이 넘게 걸린다. 게다가 나는 주말에만 갈 수 있는데 비행기표는 주말에 더 비싸다. 찾고 찾다 고속버스나 기차는 평일과 주말의 이용료가 같다는 사실을 발견했다. 이제 막 알에서 깨어난 오리가 처음 본 상대를 엄마로 여기고 따라가듯, 서핑을 처음 배운 제주로 가고 싶었지만, 주말에도 저렴한 고속버스표 가격 때문에 강원도 양양으로 발길을 돌렸다.

강원도에는 양양, 속초, 고성에 걸친 긴 해안선을 따라 서핑 스폿과 서핑숍이 많이 있다. 인터넷 서핑 동호회 카페에 가입해 양양의 다양한 서핑 스폿을 탐구하며 한 서핑숍을 골랐다. 인터넷 카페의 조언을 종합해 보니 하나의 스폿과 숍을 정해 꾸준히 다니는 게 장기적으로는 좋다고 하는데, 아직 각각의 스폿과 숍이 어떻게 다른지 전혀 모르기 때문에 탐방 겸 여기저기 다녀 보기로 했다.

토요일 새벽이면 터미널에 가서 버스를 타고 약 3시간을 달려 강원도에 갔다. 고속버스를 이용해 양양 터미널까지는 한 번에 갔지만, 서핑을 할 수 있는 바다까지 가려면 드문드문 오는 시내버스나 타거나 택시를 타야 했다. 시간과 돈이 만만치 않게 들었다.

간절히 원하면 온 우주가 나서서 도와준다고 했던가. 나는 이 말의 의미를 간절히 바라면 저절로 이뤄진다는 것이 아니라, 간절히 원하면 자신도 모르는 사이 그것을 얻기 위한 방향으로 계속해서 나아가기 때문에 결국 원하는 것을 얻게 된다는 말이라고 생각한다. 매일매일 인터넷 서핑 동호회 카페를 둘러보고 다양한 서핑숍들을 검색하다가, 서핑 버스라는 것이 있다는 걸 알아냈다. 서핑 버스는 서울 시내의 몇 개 거점에서 사람들을 태워 강원도의 주요 해변까지 데려다주는, 서핑하는 뚜벅이들을 위한 버스였다. 그 덕분에 매주 서핑 버스를 타고 바다까지 한 번에 갈 수 있었다.

교통편은 그럭저럭 해결했는데, 정작 가장 중요한 문제가 남아 있었다. 바로 파도였다. 그렇다. 내가 갖은 수를 써서 바다에 가도, 좋은 장비로 무장을 해도, 파도가 없으면 서핑을 할 수 없다. 서핑이라는 건, 시간 있고 돈 있다고 해서 마음대로 할 수 있는 게 아니다. 나의 의지와는 상관없이 파도가 들어와야만 할 수 있기 때문에 더욱 안달이 난다. 나의 의지나 계획대로 되지 않기 때문에 다른 취미들에 비해 내 일상의 더 많은 것들을 포기하게 된다. 그리고 더 많은 변화를 겪는다. 축구나 게임이 너무 좋아서 이사까지 가는 사람은 없다. 춤을 추거나 그림을 그리려고 갑자기 휴가를 내지는 않는다. 반면에 나는 내일 갑자기 좋은 파도가 들어온다고 하면 어떻게 해서든 연차를 썼다. 내일 못 타면 또 언제 탈 수 있을지 아무도 모르기 때문이다.

서핑을 처음 배운 해 여름에는 도심 속 열기를 견뎌내며 평일 내내 목 빠지게 주말을 기다리다 바다에 가도, 파도가 없는 나날이 계속됐다. 강원도는 원래 여름에는 파도가 별로 없고, 가을이 되고 추워지기 시작하면 좋은 파도가 들어온다고 했다. 그래도 일단 바다로 갔다. 잔잔하기가 호수 못지않은 바다에 들어가 패들 연습이라도 했다. 서울에서 서핑 영상만 보고 있는 것보다는 그래도 바다에 있는 게 훨씬 좋았다. 파도 차트(Chart)는 말 그대로 예보일 뿐이기 때문에 가끔 깜짝 파도가 들어와 주기도 했다. 그럴 때면 마치 바다로부터 선물을 받는 기분이었다. 3시간씩 고속버스를 타고 가는 고생에 비하면 기대했던 파도는 거의 없었지만, 안 가고 아쉬워하는 것보다는 가서 아쉬워하는 게 나았다.

서핑은 내가 연습하고 싶은 만큼 연습할 수 있는 게 아니다 보니, 실력도 금방 늘기가 어렵다. 테이크 오프 하는 방법을 머릿속으로 아무리 많이 상상해 봐도, 현실의 파도를 만

나면 허둥지둥하다 제대로 시도도 못 하는 경우가 허다했다. 일주일에 주말 하루, 길어야 이틀밖에 못 하는데다가 파도도 별로 없으니 실제로 테이크 오프를 연습해 볼 기회는 아주 적었다. 어쩌다 온 파도에 제대로 테이크 오프를 해 보지도 못하고 물에 빠지면 그렇게 아쉬울 수가 없었다. 몸이 테이크 오프 하는 방법을 까먹지 않도록 집에서도 요가 매트 위에서 테이크 오프를 연습하고 머릿속으로 이미지 트레이닝을 계속했다.

인터넷으로 파도 웹캠을 보고, 서핑 동호회 카페에 들어가 다른 사람들의 서핑 후기를 찾아 읽으며 대리 만족했다. 월파 감시를 위해 지자체에서 각 해변에 설치한 CCTV나, 서핑 잡지에서 운영하는 주요 서핑 스폿 웹캠을 보며 파도가 있는지, 탈 만한지 보기도 했다. 여행 가기 며칠 전부터 일기 예보를 챙겨 보며 날씨가 어떨지 확인하는 것처럼, 이번 주말 파도는 어떨지 파도 차트 앱을 시시각각 들여다보게 되었다. 파도가 밀어주고 내가 보드 위에 섰던 그 느낌을 잊을까 봐 조마조마하며, 바다에 있지 못하는 시간에도 나는 바다를 꼭 붙잡고 있었다.

강원도나 제주도에 살며 출근 전에 서핑하는 사람들, 오늘

파도 있다는 소식에 급하게 오후 반차내고 달려가는 사람들의 이야기를 접하면 너무 부러웠다. 강원도에 서핑 가서 본 서핑숍을 운영하는 사람들, 혹은 서핑이 좋아 강원도로 이사해 사는 사람들의 삶도 종종 생각이 났다. 나와는 달리 평일이든 주말이든 파도가 생기면 당장 바다로 뛰어들 수 있는 사람들. 그들이 부러우면서도 나와는 다른 사람들이라고 생각했다.

그들도 태어날 때부터 서퍼는 아니었다. 대부분은 서핑이 좋아 원래 다니던 직장을 그만두고 강원도로, 제주도로 온 사람들이다. 서핑이 좋아서 그들 삶의 무언가를 포기하고, 대신 파도를 얻은 것이다. 그 사람들이 포기한 것은 무엇일까? 나는 포기할 수 없는 것들일까? 위험 부담은 얼마나 클까? 그저 나는 부러워만 하고 있을 건가? 서울의 사무실에서 스마트폰으로 파도 웹캠을 보며 질문하기 시작했다.

≋

≋

1. 서프보드

보드를 사고 싶다. 그런데 둘 곳이 없다. 내가 사는 오피스텔은 딱 혼자 살기 좋은 크기라서 서프보드를 사면 접어서⑺ 보관해야 한다. 나는 아직 초보라서 길이가 최소 9피트(1피트가 약 30.5cm니까 9피트면 2m 70cm가 넘는다.) 정도는 되는 롱보드를 사야 한다. 이 정도 크기면 접지 않고서는 오피스텔에 가지고 들어올 방법이 없다. 서핑 영상이나 사진을 통해서 흔히 볼 수 있는, 길이가 짧은 숏보드를 산다면 보관하기 쉽겠지만 숏보드는 길이가 짧은 만큼 타기 어려운 보드라 계속 보관만 하게 될 수도 있다.

스펀지로 만들어 부력이 좋고 비교적 부상 위험이 적어 초보들의 연습용으로 좋은 스펀지 롱보드는, 새것은 20만 원 정도, 중고는 10만 원이면 살 수 있다. 서핑숍에서 보드 4번 빌릴 돈이면 중고 스펀지 보드는 충분히 살 수 있지만, 보드 하나 때문에 이사까지 가는 건 무리니 과감히 포기한다. 자가용도 없으니 매번 보드를 들고 양양까지 왔다 갔다 하는 것도 엄두가 안 난다. 당장은 보드를 사는 것이 절약하는 것으로 보이지만, 보드를 샀을 때 뒤따라오는 것들을 생각하면 안 사는 게 돈 아끼는 거다.

2. 자가용

서핑하려고 차를 사는 사람들도 있던데. 운전면허는 있지만 장롱면허다. 서핑가는 날을 제외하면 차를 쓸 일도 거의 없어서 당장 차를 사는 건 부담된다. 게다가 바다에서 몇 시간 동안 있다가 또 몇 시간을 운전해서 돌아오는 건 생각만 해도 피곤하다. 운전할 시간에 버스에서 푹 자는 게 낫다. 차가 있으면 파도를 찾아 여러 스폿으로 트립을 다니기도 한다지만, 난 그렇게까지 잘 타는 것도 아니니 다른 스폿에 이동할 시간에 패들링 연습이나 하는 것이 낫다. 버스가 데려다

주는 바다에서 패들 연습할 수 있는 것만으로도 충분하다.

3. 슈트(Wet Suit)

슈트는 사야 한다. 난 추위를 많이 타니까. 한국은 아주 한여름인 7, 8월을 제외하고는 슈트를 꼭 입어야 한다. 바다는 육지보다 늦게 데워지고 늦게 식기 때문에 수온은 한 계절씩 늦게 변한다. 1년 중 가장 물이 차가울 때는 3, 4월이고, 한여름인 6월보다 9월의 물이 훨씬 따뜻하다.

슈트에는 웨트슈트와 드라이슈트가 있다. 웨트슈트는 슈트 내부에 물이 들어와 체온으로 물이 따뜻하게 데워지도록 설계되어 있다. 웨트슈트는 모양에 따라 스프링슈트(Spring suit), 롱존(Long john), 롱제인(Long jane), 타파(Tapper) 등 다양하다. 드라이슈트는 물의 유입이 거의 없는 슈트로 말 그대로 몸이 젖지 않는 드라이(dry)한 상태로 서핑할 수 있다.

전신 웨트슈트는 몸통과 팔다리 부분의 두께가 각각 3mm, 2mm로 된 것부터, 4/3mm, 5/4mm가 있다. 보통 가을에서 초겨울까지는 3/2mm나 4/3mm를 많이 입고 한겨울에는 5/4mm나 드라이슈트를 입는다. 당연히 두께가 두꺼워질수록, 내피에 기모가 많을수록 비싸고, 드라이슈트가 가장 비싸다.

9월의 물은 따뜻해도 강원도의 바람은 차가워지기 시작해, 나는 서핑숍에서 빌린 3/2mm 웨트슈트를 입었을 때도 추웠다. 그러니 아예 4/3mm 웨트슈트를 사야겠다. 그나마 물이 좀 따뜻한 10월까지만 서핑하고 11월부터는 하지 말자. 서핑이 아무리 재밌어도 칼바람이 코 베어 갈 것 같은 추위에 동해에 있진 못할 것 같다.

4. 그 외 겨울 장비

나는 추위를 아주 많이 타기 때문에 겨울에 고생을 많이 한다. 겨울에도 서핑하려면 슈트 외에 장갑, 부츠, 후드 등을 사면된다고 하는데 굳이? 어차피 사서 껴도 추울 것 같다. 잠시 쉬면서 여름을 기다리기로 했다.

더 나은 세상을 위해 누군가의
절대적인 희생은 옳은 것일까?

≋

≋

　　　　　　　　우리 팀 팀장님이 암 진단을 받아 병가를 냈다는 소식을 들었다. 고작 세 명뿐인 우리 팀은 너무 바빠 서로 얼굴 보기가 하늘의 별 따기였는데, 팀장님의 병가 소식을 듣고 나서도 5일 만에 겨우 모여 앉을 수 있었다. 우리는 벌여 놓은 일들을 어떻게 수습할지 회의를 했고, 마지막(?) 점심을 함께하고 다시 각자의 일정을 위해 흩어졌다. 우리 팀은 둘이 일하다 겨우 셋이 되었는데 다시 둘이 되었다. 앞으로가 아득했다. 사람은 셋에서 둘이 됐는데 일은 두 배가 되어서이기도 하지만, 둘과 셋은 셋과 넷, 넷과 다섯하고는 하늘과 땅만큼 모든 면에서 다르기 때문이다.

나는 가끔 '팀장님은 너무 일만 하신다'고 걱정 섞인 볼멘소리를 했다. 그러나 막상 팀장님이 병에 걸리고, 실제로 몸이 아플 만큼 일을 많이 하셨다고 생각하니 도대체 얼마나 많은 일을 하신 걸까 싶어 아득했다. 왜 몸이 망가질 만큼 일을 하셨는지 화가 나기도 했다. 평생을 함께할 절친한 사이는 아니지만, 당시 내 일상의 상당 부분을 차지한 사람이었기에 남의 일 같지 않았다.

깊은 우울감, 회의감, 의욕 상실, 부담감, 두려움이 계속됐다. 기운 내기 위한 노력조차 하기 싫었다. 팀장님은 이제 겨우 40대 초반인데 암이 웬 말인가. 그러다 문득 충격적인 사실을 깨달았다. 팀장님 위로 우리 회사의 여자 선배들은 모두 한 번씩 크게 아팠다. 병가 안 낸 사람을 찾기 힘들었다. 과연 나라고 다를까? 이 회사에서 계속 일하면 나도 언젠가는 선배들처럼 병이 나겠다는 생각이 들었다. 팀장님은 의연한 모습으로 완쾌하고 오겠다고 하셨지만, 내가 오래도록 기운이 나지 않는 이유는 여기에 있는 것 같았다.

돈을 많이 벌기보다는 정의로운 일을 하고 싶어 택한 직장이었다. 열심히 살지만, 돈과 권력이 없어서 억울하게 피해를 보는 사람들에게 희망을 주고 싶었다. 우리나라 근로 기준법은 생각보다 노동자들에게 유리한 조항이 많다. 그러나 대부분의 사람이 모른다. 몰라서 못 받고 몰라서 당하는 일이 허다하다. 게다가 우리나라의 노동자들은 너무 착하다. 부당한 일을 당해도 싸우기보다는 참거나 피하며 일한다. 나의 직업은 그들의 편에 서서 때로는 그들 대신, 때로는 그들과 함께 싸워 그들의 권리를 찾아 주는 일이었다. 최저 임금도 안 주려는 사장한테 법으로 정해진 월급 받아내기, 작업장의 안전장치가 부실해 다쳤는데도 회사에서 책임지려고 하지 않을 때 산재로 처리될 수 있게 싸워주기, 비정규직이라는 이유로 명절 떡값 차별하지 못하게 하기. 이를 위해 언성을 높여 싸우고, 여론전을 펼치는가 하면, 때론 국회의원을 만나 법 자체를 바꾸기 위해 노력해야 했다.

재밌는 광고를 만들고 싶어 들어갔던 대학교. 그곳에서 한창 꿈에 부풀어 있던 1학년 때, 한 선배는 회사란 결국 대부분은 사장을 위해 일하는 곳이라고 했다. 광고 또한 광고주 돈 벌어다 주기 위한 것이고, 광고주 입맛에 맞지 않는 광고는 아무리 아이디어가 좋아도 방송될 수 없다고. 그래서 그 선배는 자영업을 하겠다고 했다.

일생의 많은 시간을 직장에서 보내는데 남에게 돈 벌어다

주는 일은 재미도, 의미도 없어서 하기 싫다는 생각이 들었다. 돈은 좀 못 벌더라도 누군가의 삶에 좋은 영향력을 미치는 일을 찾다 보니 이 직장에까지 흘러 들어오게 되었다.

회사 선배들 모두 마찬가지였다. 박봉에도 기꺼이 의미 있는 일을 하겠다며 모인 좋은 사람들이었다. 그런데 하필이면 일을 하다가 모두 아프다니. 너무 아이러니하고 가혹했다. 수익이 나는 회사가 아니니 직원들에게 월급을 많이 줄 수가 없었다. 그러다 보니 일하려는 사람은 적었다. 하지만 세상에는 어렵고 억울한 사람은 많으니 우리가 해야 할 일은 많았다. 적은 사람들이 많은 일을 하다 보니 모두가 주말도, 밤낮도 없이 격무에 시달렸다. 어쩌다 칼퇴를 하거나 주말에 푹 쉬고 있으면 누가 뭐라고 하진 않지만, 마음이 불편했다. 나도, 회사 사람들도 무한히 계속되는 이 사회를 돌보느라, 개인의 삶은 유한하다는 것을 잊은 것 같았다.

그해 여름, 양양의 잔잔한 바다 위 서프보드에 앉아 수평선을 바라봤다. 나는 무엇을 이루기 위해 이렇게 일에 매진하는 걸까? 내가 이렇게 애쓰는 만큼 정말 세상은 점점 나아지고 있는 걸까?

산재 인정을 받기 위해 싸우는 일도, 회사의 부당한 일을 폭로하는 것도, 못 받은 돈을 달라고 요구하는 일도 당사자들에게는 모두 낯설고 두려운 일이다. 회사나 사장을 상대로 싸우는 것에 익숙한 사람이 몇이나 있겠나. 그들은 우리를 믿고 싸우기로 한 사람들이고, 그 결심은 이들의 인생에서는 아주 큰 사건인 셈이다. 좋은 결과를 보여 줘야 했고, 꼭 그러고 싶었다. 자연스럽게 부담감과 스트레스에 시달렸다. 억울해서 싸웠는데 결국엔 지면 얼마나 좌절할까 싶어 조마조마했다. 꿈에서도 일을 하는 나날이 이어졌다. 어떤 일은 내가 현실에서 한 것인지 꿈에서 한 것인지 헷갈리기도 했다.

이렇게 하나하나 싸워서 바꿔 나가면 행복할까? 물론 행복할 것이다. 하지만 너무 긴 고난의 시간을 지나야만 만날 수 있는 행복이었다. 나는 좀 더 나은 세상을 만들기 위해 일하고 싶었는데 세상은 너무 거대했다. 나만의 힘으로 바꿀 수 있는 일은 없었다. 세상은 많은 사람의 힘을 모아 더디게 변화해 갈 수밖에 없다. 그 일원이 된다는 것은 매우 의미 있고 보람찬 일이지만, 누군가의 절대적인 희생이 필요한 것이 과연 옳은 것일까?

나 또한 6년 동안 일을 위해 많은 것을 포기해 왔다. 누가

시켜서 한 것이 아닌 나 자신의 선택이었지만 쉽지만은 않았다. 일은 팀장님에게 기쁨과 보람, 행복을 주긴 했지만, 병도 주었다. 모든 것을 걸 수 있는 일이 있다는 건 행운이기도 하지만, 그런 일에 워라밸은 공존할 수 없다. 회사의 많은 선배들이 병을 얻었고, 나의 몸도 점점 안 좋아지고 있었다. 진지하게 고민해야 할 때라는 생각이 들었다. 이 일을 택하면서 기대했던, 작더라도 긍정적인 세상의 변화를 위해서 불사를 수 있는 내 몸은 얼마나 남아 있는 것일까?

그렇게 오래도록 수평선을 바라보고 있으니 수평선 너머 다른 나라의 사람들이 떠올랐고, 그 너머의 또 다른 나라, 또 다른 나라들이 떠올랐다. 내 상상 속의 카메라는 계속 줌아웃하고 있었고, 점점 이 바다 위에 있는 나는 작은 점보다도 작아서 결국엔 보이지 않게 되었다. 어쩌면 그때였을지도 모른다. 내가 내 일에 몸 바쳐서 무언가를 이뤄 내려고 아등바등하는 것도 멀리서 보면 아주 작은 몸짓에 불과하다는 생각을 한 때가. 물론 아주 작더라도 의미 있는 몸짓이겠지만, 그 몸짓을 만들어 내려고 내 몸이 너무 많이 지치고 망가지고 있다면 멈추는 것이 맞겠다는 생각을 한 때가. 이 일을 그만두더라도 나는 낙오한 것이 아니며, 실패한 것이 아니라는 것까지.

　네가 꼭 세상을 구하지 않아도 괜찮다고, 꼭 대단한 사람이 될 필요는 없다고, 이제는 조금 쉬어도 괜찮을 거라고 잔잔한 바다가 말하는 듯했다. 오랜 시간 내 삶의 1순위는 일이었는데, 바다가 슬며시 내 삶의 우선순위를 바꿔 놓으려 하고 있었다.

다행히 팀장님의 수술은 잘 되었고, 현재는 항암 치료를 받고 계신다. 지금은 여행도 다니고 산행도 가능할 정도로 건강이 회복됐다고 한다. 팀장님이 앞으로는 건강하시기를 진심으로 바란다. 짧은 시간이었지만 함께 일하면서 많은 것을 배울 수 있었고, 감사했다는 말을 전하고 싶다.

바다는 늘 그대로이면서도
매순간 변하고 있어

민영 언니에게

언니, 오늘은 언니가 이 세상을 떠난 지 딱 3년이 되는 날이야. 서울에서는 사람들이 언니를 위해 모인다고 해. 나는 제주에서 일하느라 가지 못했어.

언니, 세상은 계속 모습을 바꾸고 이 시간에도 사람들은 태어나고 죽어. 나를 둘러싼 세상도 영원하지 않다는 걸 언니의 죽음을 통해 아프게 배우고 있어. 내가 만났던 모든 사람은 그 모습 그대로 그 자리에 있을 것만 같았는데 말이야. 죽음에는 나이가 없다는 걸 깨달아.

나는 지금 제주에 살고 있어. 집이 바뀌었고 사는 동네가 달라졌고, 떠나지 않을 것 같던 남자 친구도 이젠 내 곁에 없어. 나는 그냥 살아가는데 모든 것은 변하고 있어. 변하지 않는 것은 모든 것은 변한다는 사실 뿐이라고 하더라.

언니가 있었다면 제주로 자주 초대했을 텐데. 언니가 청주에 살 때 가경천 옆 포장마차에서 같이 술을 마신 날 밤, 내가 내 렌즈를 닦다가 언니의 렌즈를 하수구에 흘려버렸던 것 기억나? 다음 날 앞이 보이지 않는 언니의 손을 잡고 낯선 청주의 골목길을 걸어 렌즈를 사러 갔잖아. 고향은 광주고 학교는 서울에서 다닌 언니가 낯선 청주에서 일하면서 산다는 게 얼마나 외로운 일이었는지 그때는 깊이 이해하지 못했던 것 같아서, 그 시절을 생각하면 미안해. 언니랑 같이 들었던 수많은 음악만큼이나 앞으로 우리에게도 셀 수 없는 밤이 남아 있을 줄 알았어.

언니의 장례식 때 어느 순간이었는지는 기억이 안 나지만 언니의 어머니께서 그러셨어. "우리 민영이 잊지 말아 주세요." 언니의 아버지께서는 줄곧 침착하려 애쓰셨고 앞에 나와 말씀하실 일도 있었지만, 어머니는 "내 새끼 불쌍해서 어쩌니"라거나 "민영아"라는 혼잣말을 하시며 오열하셨어. 어머니께서 모두 앞에서 입을 여신 적도 없는데 내 기억 속엔 언니의 어머니가 그렇게 말씀하신 게 남아 있어. '우리 민영이 잊지 말아 주세요.' 아마 그때였을 거야. 우리가 언니를 잊는 순간 언니는 정말 죽는 거라는 생각을 했을 때가. 그래서 사람들은 어디에라도 자신의 이름을 새겨 잊히지 않으려 한다는 걸. 이런 게 무슨 의미일까 회의적으로 보아 왔던 납골당의 사물함만 한 작은 한 칸이 얼마나 많은 사람의 기억을 붙잡고 있는지 알게 되었어.

나는 그때 울다가 과호흡이 와서 응급실까지 갔었어. 내가 너무 심하게 울어서 왜 나는 유난히 많이 울었는지 나중에 곰곰이 생각해 봤는데 말이야, 나는 엄마아빠한테 의지하는 것만큼 언니에게 의지하고 있었던 것 같아. 언니는 내가 뭘 해도 늘 응원해 주고, 누구랑 싸워도 내 편이 되어 주는 그런 사람이었잖아. 내게 안 좋은 일이 생겼을 때, 나보다 더 울어 주는 사람은 언니가 처음이었어. 내 얘기를 들으며 언니가 울어서 나도 울게 되었지. 누가 혼내지 않아도 스스로 자책부터 해 왔던 내게, 언니는 큰 버팀목이 되어 주었어. 그래서 나는 항상 언니를 찾았고 언니에게 뭐든지 다 이야기했던 것 같아.

언니가 떠나고 나서 한동안은 또래를 잃은 사람들의 이야기에서 위안을 찾았어. 사고로 친구를 잃은 고등학생들이 감정을 주체하지 못해 마약을 하고 술을 마시고 서로 싸우기까지 하는 영국 드라마를 봤어. 그런 모습이 너무나도 정상적으로 느껴졌어. 친구를 잃고 조금 울다가 다시 다른 이야기가 시작되었다면 난 그 드라마를 끝까지 볼 수 없었을 거야. 우리 나이에 또래를 잃게 되면 온갖 감정에 휩싸일 수밖에 없구나. 그러니 이 상태를 부정하거나 자책하지 말고 괜찮아지려고 애쓰지 않아도 괜찮다는 말을 언니와 나의 친구들에게 하고 싶었어.

언니와 그 여행에 함께 가기로 했을 때가 생생해. 해외여행 같이 가고 싶다고 했던 내 말을 기억해 주곤, 언니의 첫 해외여행에 같이 가자고 해 줬잖아. 내가 항공권 티켓팅까지 다 했다가 회사 일 때문에 그 여행에서 빠진 걸 얼마나 후회했는지 몰라. 지금 생각해 보면 회사 일이 여행을 취소할 만큼 다급했던 건 아니었어. 내가 계획대로 휴가를 갔어도 일은 잘 돌아갔을 거야. 휴가보다는 일을 우선시했던 당시의 내가 너무 원망스러워.

언니, 나 한동안은 바다가 너무 무서웠어. 순식간에 언니의 생명을 앗아간 존재잖아. 지상 낙원처럼 보이는 태국의 작은 섬이 세상 그 어느 곳보다 두려운 곳이 되었어. 나는 어려서부터 바다를 많이 좋아했지만, 이젠 바다로 놀러 갈 수 없을 것 같았어. 내가 존경하고 사랑했던 언니도 바다에서 순식간에 주검이 되어 돌아왔는데, 나라고 바다에서 위험에 처하지 않으리라는 법이 없잖아. 언니는 그렇게 원하던 바다로 여행을 갔고 원 없이 헤엄쳐 놀았지. 바다는 정말 행복한 순간을 선물해 주곤 언니를 데려갔어. 그래서 더 바다가 무섭게 느껴져. 해마다 많은 사람이 바다에서 죽지만 언니가 죽는 순간 그제야 그것은 내 일이 되었어. 인터넷 검색창에 계속 '익사'를 검색하며 언니에게 고통이 없었기를 뒤늦게 바라기도 했어.

그런데 언니, 지금은 나 바다에서 살아. 서핑도 하고 있어. 서핑을 배우게 된 건, 스스로에 대한 자신감을 좀 가져 보고 싶어서야. 그동안은 언니가 나를 많이 보듬어 주고 이끌어 줬지만, 이제는 내가 나를 좀 잘 챙기면서 살아 보려고. 아마 언니는 내 인생에서 나에게 '잘한다'는 말을 제일 많이 해 준 사람 중의 하나일 거야. 내가 나에게 '잘한다'고 칭찬해 줬던 적이 별로 없는 것 같더라. 나 스스로 무언가를 잘한다고 생각해 본 적도 많이 없고. 그래서 내가 나를 인정해 주기 위해 '나라면 못 할 거야'라고 생각했던 일에 도전해 보기로 했어. 그게 서핑이야. 언니가 떠나고 1년 6개월이 지나서야 바다에 몸을 담근 것 같아.

처음에는 큰 파도가 오면 몸이 굳어 버렸어. 침착하게 행동해야 안전한데 패닉에 빠져서 더 허우적대고 물 많이 먹고 더 겁먹고. 악순환이었지. 그러다 화창한 여름날 양양 갯마을의 해수욕장에 갔는데, 서핑숍 사장님이 본인도 물에 대한 트라우마가 있었다며 몇 가지 극복 방법을 가르쳐 주셨어. 과학적으로 사람의 몸은 가만히만 있으면 물에 뜬다는 것을 우리는 모두 알잖아. 하지만 막상 물에 빠지면 겁이 나기 때문에 가만히 있을 수가 없어 허우적대고 그래서 더 힘들어지는 거래. 깊은 곳으로 가서 몸이 물에 뜬다는 것을 머리로만이 아니라 몸으로도 익히는 시간을 가져 보라고 하셨어. 파도가 없을 땐 이런 훈련을 해 둬야 한다고. 본인도 꾸준히 트레이닝해서 극복할 수 있었다며 용기를 주셨지. 아무리 깊은 곳에 있어도 서프보드와 잘 연결되어 있으면 안전하다면서 말이야. 깊은 바다로 가서 보드 위에서 내려와 처음에는 보드를 두 손으로 잡고 떠 있다가, 익숙해지면 그다음에는 한 손으로만 잡고 떠 있고, 그것도 편안해지면 그다음에는 두 손가락으로만, 그리고 마지막에는 보드에서 손을 살짝 떼어 보라고. 그렇게 있어도 가라앉지 않고 물에 계속 떠 있을 수 있다는 것을 몸으로 직접 느껴야 마음이 편해지고 '바다에 빠져도 가만히 있으면 떠오른다'라는 것을 머리가 아니라 몸이 알게 된다는 거야. 그 뒤로 종종 파도를 기다리다가 깊고 잔잔한 바다로 가서 물에 떠 있는 연습을 해 보곤 해. 큰 파도를 만나면 아직도 긴장되기는 하지만 조금씩 나아지고 있는 것 같아.

온종일 바다에 있는 날들이 많아지면서, 바다는 언니를 앗아간 무서운 존재가 아니라 언니의 영혼이 머무는 곳이라는 생각이 들었어. 날씨가 좋을 때, 맛있는 술을 마실 때, 외롭고 힘들 때…… 언니 생각이 나는 순간은 너무나도 많지만, 바다에 있을 때 가장 많이 언니 생각이 나. 일생을 전 세계 바다를 헤엄치며 다닌다는 흰수염고래처럼 언니의 영혼이 전 세계 바다를 여행하고 있을 것만 같아. 나는 여전히 언니가 그리워 때때로 너무 공허하지만, 언니가 내게 해 줬던 것처럼 내가 나를 칭찬하고 아끼면서 지내려고 해.

언니, 바다는 늘 그대로이면서도 매 순간 변하고 있어. 자고 일어나면 내일은 어떤 파도가 올지 정확하게 알 수 없어. 언니가 갑자기 떠나고 나니, 당장 내일조차도 어떻게 될지 아무도 모르는데 미래를 걱정하느라 시간을 보내는 게 너무 싫더라. 현재의 내가 원하는 것에 집중하면서 살고 싶어졌어. 그렇게 지금 오늘의 나를 행복하게 만들기 위해 살아가다 보면 미래의 나도 분명 행복할 거라고 생각해. 그러니 내 걱정은 하지 않아도 돼.

　언니, 잘 지내고 있어야 해. 나 항상 언니를 잊지 않고 있어. 언니가 어딘가에 살아있는 것처럼. 언니가 있었다면 서핑의 매력을 맛보게 해 줬을 텐데. 정말, 같이 서핑하고 싶다. 사랑해.

민주가.

아픈 것보다 일을 못 하게 되는 것이
더 두려운 걸까?

램프의 요정 지니가 내게 소원을 딱 한 가지만 들어주겠다고 하면 나는 1초의 망설임도 없이 시력이 좋아지게 해달라고 할 것이다. 나는 어렸을 때부터 시력이 안 좋았다. 초등학교 3학년 때 학교에서 신체검사를 하며 처음으로 시력 검사를 했는데, 시력 검사표 맨 위의 4자만 보였다.

시력이 0.1이라는 걸 확인하기 전부터 물론 일상생활에서의 불편함은 있었다. 하지만 어렸을 때의 나는, 나의 눈에 문제가 있다는 건 상상도 하지 못하고, 사람은 나이를 먹을수록 눈이 점점 더 나빠지는 건 줄 알았다. 감기에 처음 걸린 아기는 그것이 감기인 줄 모르듯이, 시력이 좋다가 나빠져 본 적이 없기 때문에 이것이 비정상인지 몰랐던 것이다. 저 멀리 걸어오는 친구의 얼굴이 잘 안 보이고, 디즈니 애니메이션의 자막이 안 보일 때, 내 눈이 이상한 게 아니라 다른 사람들도 이렇게 안 보이는 줄 알았다.

하지만 학교에서 내 시력이 0.1이라는 결과지를 받아 왔을 때 놀란 엄마의 표정, 엄마 손에 이끌려 갔던 안과에서 의사 선생님의 한숨을 통해 사태가 심각하다는 걸 어렴풋이 알 수 있었다. 내가 살면서 봤던 안경 중 가장 두꺼운 안경이 내 손에 쥐어지고, 몇 달에 한 번씩 안과에 방문할 때마다 점점 더 나빠지는 시력을 보면서(정말 성큼성큼 나빠졌다), 왜 애니메이션 자막이 안 보일 때 미리 말하지 않았을까 후회하기 시작했다.

자고 일어나면 항상 아무것도 안 보이는 상태였고, 이보다 더 안 보일 수는 없을 것 같은데 점점 더 안 보이는 상황이 됐다. 장님이 되는 악몽을 수도 없이 꿨다. 영화 〈눈먼 자들의 도시〉(Blindness, 2008)를 볼 때는, 세기말을 다룬 줄거리보다 화면에 하얀 플래시가 터지며 시력을 잃게 되는 장면이 내게 가장 공포스러웠다.

대학교에 다닐 때 노량진역에서 매일 봤던 어느 안과 광고에는 '사람의 몸이 1000냥이라 하면 그중의 900냥은 눈이요. 손님에게 900냥을 내어드려라.'와 같은 문구가 적혀 있었다. 그 광고를 볼 때마다 '내게는 100냥만 남아 있구나' 싶어 울적해지곤 했다. 정말 돈으로라도 살 수 있다면 빚을 내서라도 사고 싶었다.

"원인은 알 수 없어요. 원래 그렇게 태어난 걸 수도 있고."

2017년 말, 내 눈이 계속 시력을 잃어 가고 있는 이유에 대해 의사는 이렇게 말했다. 성인이 되면 안구가 성장을 멈춰야 하는데 계속 커지는 경우일 수도 있고, 선천적으로 망막이 너무 얇아서, 시신경이 약해서, 혹은 이 전부일 수도 있단다. 디즈니 애니메이션의 자막이 안 보이기 시작했을 때 엄마에게 말했어도 어차피 나아질 건 없었다. 일단 확실한 것은 지난 2년 동안 상태가 급격하게 안 좋아졌다는 것이다. 무슨 무슨 세포가 많이 죽었고, 시신경과 망막이 어떻다 정확하게 '실명'을 거론하진 않았지만, 눈이 정상적으로 기능하기 위해 필요한 것들이 전체적으로 엉망이 되고 있다는 건 알 수 있었다.

의사는 내가 녹내장에 걸릴 확률이 높으며 3~6개월에 한 번씩 정밀 검사를 해야 한다고 했다. 시력이 점점 안 좋아지는 것에 대해서는 크게 손 쓸 도리가 없다고 했다. 내가 할 수 있는 최선은 최악의 상황이 오는 것을 최대한 미루는 일 뿐이었다. 성장기보다 속도는 더디지만, 눈의 상태가 점점 더 안 좋아진다는 사실은 미래를 두렵게 만들었다. 지금은 젊으니까 그나마 이 정도라도 유지되는 것이지, 노인이 된 후에는 어떨지 알 수 없는 일이었다. 깊이 생각할수록 우울해지기만 했다.

의학 기술의 발전으로, 혹은 생각보다 내가 건강해서, 상상하는 것만큼 최악의 상황은 오지 않을 수도 있다. 하지만 이 말은 이미 내가 최악의 상황을 생각했다는 이야기다. 이를 깨닫자 하고 싶은 것이 있다면 할 수 있을 때 하고 싶었다. 지금 당장 죽는다면 어떨까? 나 자신에게 물었다. 일하다 죽는다면? 너무 억울할 것 같았다. 당장 죽어도 억울하지 않을 삶을 살고 싶었다.

과로와 스트레스가 직접적으로 눈을 안 좋게 만들었는지는 확인할 수 없지만, 좋은 영향을 주지 않은 건 확실했다. 퇴근하고 나서도 일 연락은 계속 왔고 일과 일상의 분리가 잘 되지 않았다. 근무 시간 외에도 일하거나 주말에도 일정이 생기는 건 다반사였다. '잘 끊고 잘 쉬고 잘 놀자'를 외쳤지만 불가능했다. 항상 지쳐 있는 상태가 계속되었다. 스트레스가 쌓여 갈수록 같이 일하는 사람들과의 관계에까지 영향을 미쳤다. 동료들과 즐겁게 웃으면서 일하고 싶은데 그게 어려웠다. 한 발짝 떨어져서 보면 모두 좋은 사람들이고 이렇게까지 짜증 날 일도 아닌데 나는 왜 유난히 예민해져 있는지 자책하곤 했다. 이런 일상이 몸에 좋은 영향을 줄 리가 없었다. 전체적으로 면역력이 떨어지고 스트레스로 예민해진 상태를 지속시킬 수는 없었다. 눈뿐만 아니라 면역력이 떨어져 몸 여기저기서 신호를 보내왔다.

많은 사람이 일이 힘들고 현재가 행복하지 않지만 미래에 거리에서 굶어 죽을까 봐 계속 일을 한다. 올지 안 올지 모르는 미래를 위해 현재를 희생하는 것에 익숙하다. 그러다 현재가 극도로 고통스러워지고 나서야만 현재의 행복, 현재의 고통 극복에 집중한다. 아픈 것보다 일을 못 하게 되는 것이 더 두려운 걸까?

결국 나도 아프고 나서야 결단을 했다. 최악의 상황이 되어서야 변화를 택한 것이다. 퇴사한다고 하니 주변에선 부러워하는 시선만 가득했다. 퇴사라는 면을 보면 남들보다 행복해 보이겠지만 건강 악화라는 면을 보면 과연 그들이 나를 부러워할 수 있을까? 내가 아프게 된 내 주변의 환경과 조건을 바꿔가기로 마음먹었지만, 몸이 아파서 무엇도 택할 수 없는 상황이 계속될까 봐 두렵기도 했다.

과로와 스트레스에 익숙해진 내 몸의 체질을 변화시키기 위해 일단 몇 달은 아무 생각 없이 쉬기로 했다. 하지만 쉬고 나서 내가 원하는 대로 살 수 있을지 자신은 없었다. '많은 사람이 힘들어도 참고 계속 사는 이유가 있긴 있구나' 하는 생각도 들었다. 비록 스쳐 지나가더라도 약속된 날짜에 통장에 들어오는 월급이 주는 안정감이 얼마나 컸는지…… 이런 마음 때문에 사람들이 '이후'가 준비된 다음에 퇴사하려고 하는구나 싶었다. 하지만 현재를 지속하면서 현재와 다른 '이후'를 준비한다는 것이 얼마나 어려운가.

일단은 몸의 면역력을 키우기 위해 잘 먹고 잘 쉬어야 하는데, 어떻게 쉬느냐가 중요했다. 온실 속 화초처럼 집 안에 가만히 있는 것보다 내 몸이 무언가에 집중하고 기쁨을 느껴야 몸에서 좋은 에너지가 나오고 치유될 거라 생각했다. 내 몸의 체질을 바꾸기 위해 생활을 바꾸는 것이다. 그래서 바다로 가기로 했다. 먹고 자고 서핑만 하면서 하루를 보낼 수 있는 곳, 발리로.

다음 달의 나는
어떤 즐거움 속에서 살고 있을까?

~~~
~~~
~~~

~~~
~~~
~~~

"내일 라인업 강습은 스랑안 (Serangan), 출발 시각은 아침 6시입니다. 늦지 않게 오세요."

오전 강습을 마치고 돌아와 너덜너덜해진 몸을 대충 씻고 점심을 먹은 후 낮잠에서 깨 보니 카톡방에 서핑 캠프 매니저의 공지가 올라와 있었다. 오전 서핑할 때 찍힌 사진과 영상들도 함께 도착해 있었다. 이제 슬슬 걸어 동네 카페에 가서 노트북으로 내 서핑 사진과 영상을 보면서 쉬다가 서핑 캠프에 가서 서핑 강사의 리뷰를 듣는다. 오늘 나의 자세는 어땠는지, 내일은 어떤 부분을 집중해서 연습해 보면 좋을지 콕콕 찍어 준다. 그 후엔 저녁을 먹고, 간단하게 맥주를 한

잔 마시고 잔다. 과음은 절대 하지 않는다. 오늘도 새벽에 일어났지만 내일도 새벽에 일어나야 하기 때문에. 그리고 좋은 컨디션으로 내일 서핑을 하고 싶기 때문에. 나는 발리의 서핑 캠프에 와 있다.

한국에서 서핑하는 사람들에게 발리는 서핑 천국으로 유명하다. 서핑을 하기 전까지 내게 발리는 동남아 휴양지 그 이상도 이하도 아니었고, 휴양지 여행은 별로 선호하지 않았던 내게 발리는 관심 밖의 여행지였다. 서핑에 대해 더 알고 싶어서 가입한 인터넷 서핑 동호회 카페에서 발리에서 인생 파도를 탔다는 후기를 심심찮게 보게 되면서, 발리가 전 세계 서퍼들이 사랑하는 서핑 스폿이라는 걸 알게 되었다.

"이렇게 타고 계속 가도 되나 싶을 정도로 길게 탈 수 있는 파도가 와요."

서핑하러 찾아갔던 양양의 게스트하우스에서 만난 한 서퍼에게서 발리 파도의 특별함을 듣고 나니 더욱 궁금해졌다. 날씨가 점점 추워지자, 인터넷 카페에는 하나둘씩 따뜻한 나라로 서핑 트립을 떠난다는 자랑 글이 올라오기 시작했다. 나도 연말에 회사를 그만두면 추운 한국을 떠나 따뜻하게 서핑을 할 수 있는 발리에 가겠다는 계획을 세웠다.

발리의 계절은 건기와 우기로 나뉜다. 4월부터 9월까지는 건기, 10월부터 3월까지는 우기다. 우기라고 해서 온종일 비가 쏟아지는 건 아니다. 동남아도 지역에 따라 우기의 기간과 스타일이 제각각 다르다. 장대비가 쉴 새 없이 쏟아지는 곳도 있지만, 반짝 소나기가 하루 한두 차례 내렸다가 금세 맑아지는 곳도 있다. 발리는 후자의 경우로, 우기에 신혼여행을 갔었는데 많이 불편하진 않았다는 후기를 보곤 마음이 놓였다. 오히려 너무 강한 햇볕이 온종일 내리쬐는 것보다 가끔 비가 내려 열을 식혀 주니 더 좋았다는 사람도 있었다.

하지만 서핑하는 사람 입장에서는 발리의 우기 바다는 그리 쾌적한 컨디션은 아니다. 일단 바람의 방향이 바뀌면서 발리의 메인 스폿인 꾸따 비치(Kuta Beach)에 온갖 쓰레기들이 밀려온다. 둥둥 떠다니는 쓰레기를 헤치며 패들을 하는 기분은 썩 좋지는 않다. 꾸따 비치의 파도 질도 그다지 좋은 시기는 아니라고 한다. 우기의 꾸따 비치는 바람이 먼 바다에서 육지 쪽으로 부는 온쇼어(onshore)인데, 이때에는 파도 뒤에서 바람이 밀어주는 격이라 파도가 와르르 무너져 지저분해진다. 이와 반대로 바람이 육지에서 바다 쪽으로 부는 것은 오프쇼어(offshore)라고 하는데, 바람이 파도의 면을 깔

끔하게 해 줘서 서핑하는 사람들은 오프쇼어를 더 선호한다.

여러 이유로 우기에는 발리로 서핑 트립 가는 것을 추천하지 않기도 하지만, 나는 파도와 따뜻한 날씨, 장기 체류를 가능하게 하는 싼 물가만 있다면 어디든 가고 싶었다. 여름 내내 호수 같은 동해에서 파도 고픔에 시달렸는데 파도가 있다는 것만으로도 떠날 이유는 충분했다. 게다가 발리는 섬이기 때문에 해변이 아주 많아서 꾸따 비치가 아니더라도 파도가 들어오는 바다를 찾는 건 어렵지 않다고 했다. 그래서 우기가 되면 발리의 서핑 스쿨들은 꾸따 비치가 아닌 다른 바다로 트립을 떠나곤 한다. 숙소에서 걸어서 오분 거리의 꾸따 비치를 두고 매일 차를 타고 20~30분씩 달려 다른 해변에 가는 게 번거로울 수도 있겠지만, 나는 그래도 좋았다.

살면서 보름이라는 시간 동안 운동에만 집중해 본 적이 있었던가, 보름간의 발리 서핑 트립이 즐겁기보다는 힘든 전지훈련이 되진 않을까 등 여행을 떠나기 전 고민들은 기우였다. 2주간의 서핑이 가져다준 것은 꿀잠과 행복이었다. 발리의 길거리에는 드림캐쳐를 파는 가게가 많았다. 내 방에는 없었지만 온 거리에 널린 드림캐쳐들이 내 악몽을 다 걸러 줬는지, 몇 년 만에 꿈도 꾸지 않고 푹 자는 나날을 보냈다. TV프로그램을 봐도 딱히 흥미가 없고 주말을 보내는 통과의례와도 같았던 예능 프로그램이 없어도 전혀 아쉽지 않았다. 그 어떤 것보다 나의 하루하루가 더 재미있어서 그랬으리라. 연예인들이 시골 가서 밥 해 먹는 일상을 찍은 프로그램이 흥한다는 건, 그만큼 사람들의 일상이 재미없기 때문이라는 생각이 들었다.

하지만 밥 먹고, 서핑하고, 놀기만 하는 생활을 계속할 순 없었다. 나는 돈을 벌어야 했고, 그러려면 내 노동력을 팔 수 있는 곳에서 살아야 했다. 여행에서 다시 일상의 생활로 돌아가야 했다. 영어가 유창하지 않고 배워 놓은 특별한 기술이 없기 때문에 해외에서 일할 가능성은 낮았다. 발리 여행이 끝나갈수록 여태까지의 그 어떤 여행보다도 서울로 돌아가기 싫었다. 서울에서는 매일 같이 서핑할 수 없기 때문은 물론이고, 쫓기듯이 돈 벌며 살아야 하는 게 싫었다. 내 하루하루가 아니라 남의 여행 사진, 음식 사진에서 대리 만족을 얻는 일상으로 돌아가기 싫었다.

도시에서 태어나 도시에서만 살아온 나는 '바쁜 도시의 30대 여성 직장인'이 아닌 다른 삶을 살 거라 생각해 본 적이 없었다. 나는 9시까지 출근을 하고 거의 매일 야근을 하는 어른들을 보며 자랐다. 모두 출근길 러시아워를 견디며 살았고 이틀뿐인 주말을 아끼고 아껴 여가 생활을 했다. 나도 어른이 되면 당연히 그렇게 살 것이라고 생각했고 중학교, 고등학교, 대학교는 그것을 위한 과정이라고 여겼다. 이 긴 레이스의 종착지는 좋은 회사로 취직하는 것이라고 배웠다. 행복하게 살기 위해서 내가 좋아하는 것을 중심으로 삶을 구성하는 방법은 배우지 못했다.

반면 발리의 바다에서 지내면서 생각보다 빨리 서울과 그곳에서의 나를 잊었다. 걱정 많던 도시의 30대 여성 직장인은 온데간데없고, 오늘 하루를 어떻게 즐겁게 보낼지에 집중하는 새로운 내가 있었다. 나는 매일 1시간 단위로 일정을 짜고 이번 주까지 끝내야 하는 일을 체크하며 긴장 상태로 살았는데, '당장 끝내야 하는 일'과 '준비해야 하는 일'을 생각하지 않아도 아무 문제가 없었다. 내 통장의 잔고는 점점 줄었지만 쫓기는 느낌보다는 돈이 필요하게 되면 다시 일을 구하면 된다는 생각이 들었다. 다음 달의 나는 지금의 나보다 더 돈이 없을 예정이지만, 다음 달의 내가 어떤 즐거움 속에서 살고 있을지 기대가 됐다. 회사에 다닐 땐 이변이 없는 한 다음 달에 약속된 월급이 들어오지만, 다음 달의 내 모습에 기대를 품었던 적은 없었다. 여행이 끝나도 계속 이런 마음으로 살 방법을 찾고 싶었다. 아직 일어나지 않은 일을 걱정하며 사는 것이 얼마나 부질없는지 알아 버렸기 때문이다. 지금 이 순간 내가 원하는 것을 찾아서 가야겠다는 다짐을 하며 발리를 떠나는 아쉬움을 달랬다.

행복 게이지 60

나를 바다로 이끈
치앙마이

≋

≋

지금도 치앙마이를 생각하면 행복해진다. 일상 속에서 치앙마이를 떠올릴 수 있는 것들을 만나면 저절로 빙긋 웃고 있다. 뜨거운 공기, 산자락을 넘어가는 노을, 요가원의 냄새, 오토바이 매연과 같은 것들. 치앙마이에서 보낸 한 달 동안 걱정거리는 하나뿐이었다. '내일 비 오면 어쩌지?'

발리 서핑 트립을 마치고, 남은 퇴직금으로 어떤 여행을 할지 고민하다가 태국 치앙마이를 택했다. 일을 그만두고 몸을 추스르는 시간이었기에 탐험하는 여행보다는 휴식하는 여행이 필요했다. 그래서 한 군데에서 오래 머무르고 싶

었다. 점점 바닥을 보이는 퇴직금 사정을 고려했을 때 생활
비가 저렴한 동남아 중에서 골라야 했고, 장기 여행자들의
천국이자 매력적인 요가원들이 많다는 치앙마이에 가기로
했다.

푹 쉬고 오겠다는 계획에 따라 매일 치앙마이의 다양한 요
가원들을 다니며 요가를 하고, 맛있는 음식과 열대 과일을
먹고, 향이 좋은 커피를 마시며 책을 읽고, 꿈도 꾸지 않고
푹 잤다.

치앙마이에는 세계 각국에서 수련하러 온 요기(Yogi, 요가 수
행자)들이 많아서 다양한 국적의 선생님들에게 요가를 배울
수 있었다. 매일매일 다양한 스타일의 요가를 해 보니 재미
있었다. 서양인들은 확실히 몸이 컸다. 그리고 몸을 드러내
는 것에 거리낌이 없었다. 한국 사람들은 요가 레깅스를 입
을 때 튀어나온 살을 신경 썼고 복근에 자신 있지 않은 이상
배가 드러나는 탑을 입고 요가를 하는 경우는 드물었는데,
서양인들은 몸매와 상관없이 입고 싶은 옷을 입었다.

여행자들의 모임에도 나갔다. 떠돌며 살아가는 사람들, 치
앙마이의 여유로움이 좋아 도시 생활을 접고 치앙마이에 정
착해 사는 사람들도 만났다. 타이 마사지사가 재능 기부 차

원에서 타이 마사지를 무료로 가르쳐 준다고 해서 그녀의 집에 찾아가 배워 보기도 했다.

스쿠터를 타고 치앙마이 근교의 산, 호수 등으로 드라이브했다. 구시가지인 올드타운과 신시가지인 님만해민 지역 모두 독특한 매력을 품고 있었다. 하지만 그 못지않게 치앙마이 여행의 꽃은 치앙마이 근교 여행이라고 했다. 치앙마이에서는 꼭 차나 스쿠터를 빌려야 매력을 제대로 느낄 수 있다고 해서, 태국 오토바이 면허도 발급 받았다. 면허를 발급 받기 위한 과정은 조금 번거롭고 힘들었지만, 단속 걱정 없이 스쿠터를 타고 자유롭게 어디든 다닐 수 있었다.

치앙마이에서 스쿠터를 타고 다니면서 스쿠터의 묘미를 알게 되었다. 내 몸이 외부에 그대로 노출되니 공포감에 온몸이 찌릿하기도 하지만, 도로를 달리던 중에 예고 없이 꽃향기를 만나기도 했다. 고가 도로를 달릴 땐 그대로 하늘로 날아갈 것만 같았다. 스쿠터의 주유 경고등 보는 방법을 몰라 외곽 도로 한복판에서 스쿠터가 멈추는 사건도 있었다. 다행히 근처에 오토바이 수리점이 있었고, 오토바이를 수리하던 수리공에게 손짓 발짓으로 도움을 청해 그의 오토바이를 타고 근처 주유소에 가서 기름을 사 와 긴급하게 주유를 할 수 있었다. 고마움을 표현할 길이 없어 과일 가게에서 망고를 사다가 드렸는데, 그것을 받고 활짝 웃는 기름때 묻은 수리공의 표정에 덩달아 너무 행복했다.

치앙마이 거리를 걸으면서 나중에 이곳을 많이 그리워하게 될 거라는 생각을 했다. 그러면서도 이곳에서 살지는 못할 것 같다는 마음이 동시에 들었다. 그 이유는 하나였다. 바다에 가고 싶었기 때문이다. 치앙마이는 너무 좋지만, 바다가 없다. 치앙마이의 산과 들은 무척 아름답지만, 그것을 바라보기만 하고 있으니 몸이 조금 근질근질했다. 바다에 뛰어들어 자연을 온몸으로 느끼고 싶었다. 사실 발리에서 매일매일 서핑했던 시간이 너무 좋았기 때문에 마음 같아서는 서핑을 계속하고 싶었다. 하지만 나는 서프보드도 없고 왕초보라서 발리에서 서핑을 계속하려면 서핑 캠프의 도움을 받아야만 했다. 비용이 만만치 않았다. 그래서 발리를 포기했었다. 발리에서 2주 동안 원 없이 서핑했으니 한 달 정도는 안 해도 괜찮을 거라고 생각했다. 하지만 그것은 나의 판단 착오였다.

치앙마이에서의 생활이 서울보다 좋은데 바다가 없다는 이유만으로 이렇게 아쉽다면, 서울에서는 얼마나 더 아쉬울까 싶었다. 놀고먹기만 하고 스트레스 받을 일이 없는데도 바다에 가고 싶고 서핑을 할 수 없어 심심할 정도이니, 아무리 좋은 곳이라 하더라도 바다가 없다면 안 되겠다는 결론을 내렸다. 다시 일해야 한다면 바다가 있는 곳에 직장을 구하기로 했다. 제주도로 가야겠다고 생각했다.

사실 치앙마이에 오기 전에도 제주도에 일자리가 있나 기웃거려 보기는 했었다. '제주에서 살면 어떨까' 상상해 본 적도 있었다. 하지만 그럴 때마다 왠지 막연하게 안 될 것 같다는 생각에 실행에 옮기진 못했다. 변화하는 데에는 현재를 유지하는 힘의 두 배 정도의 에너지가 필요하다. 새로운 것을 손에 쥐려면 지금 가지고 있는 것들을 내려놓아야 한다. 두 배의 에너지를 만드는 것도, 무언가를 꽉 쥐고 있는 내 손을 펴기도 쉽지 않은 일이다. 아는 사람이 없는 낯선 곳에서 잘 지낼 수 있을지에 대한 걱정, 경력을 포기하는 것에 대한 두려운 마음도 들었다. 새로운 것을 택했을 때 더 잘 될 수 있다는 희망보다는 현재보다 안 좋아질 수 있다는 불안함이 먼저 찾아왔다. 사실 잘 될 가능성과 안 될 가능성은 누구도 알 수 없는데 말이다.

예전엔 하루하루를 버티면서 언젠가의 행복을 위해 지금

참고 있는 거라 생각했다. 하지만 이제 알았다. 현재가 행복해야 더 행복해질 방법을 찾을 수 있다는 것을 말이다. 나는 서울 생활의 힘듦 속에서가 아니라 치앙마이의 행복한 생활 속에서 제주행을 결정할 수 있었다. '지금도 좋은데 더 좋아지고 싶다'는 마음이 나를 제주도로 이끌었다. 나는 태국 여행을 하면서 제주도로 구직 활동을 했고, 일자리가 생각보다 빨리 구해져서 귀국행 티켓을 앞당겼다. 치앙마이를 떠나는 게 아쉬우면서도 바다로 간다는 생각에 설렌 마음으로 한국행 비행기에 올랐다. 안녕, 치앙마이. 나를 바다로 갈 수 있게 해 줘서 고마워. 멀어지는 치앙마이 땅을 보면서 인사했다.

행복 게이지 90

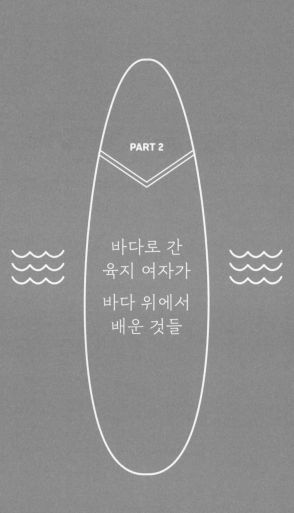

PART 2

바다로 간
육지 여자가

바다 위에서
배운 것들

늘 내 곁에 있는
서핑 선생님들

≈

≈

　　　　　　　　초등학교 때부터 대학교 시절
까지, 오래도록 기억에 남거나 연락을 이어 오고 있는 선생
님은 없다. 특별히 선생님들과의 관계가 나쁜 편은 아니었지
만, 학교 수업을 넘어 인생에 대해서까지 영향을 받진 않았
던 것 같다.

　하지만 서핑 선생님들은 조금 특별하다. 짧은 만남임에도
불구하고 여운이 오래간다. 바다 위에서 파도를 기다릴 때
면, 옆에 선생님이 없어도 계속 선생님들의 말이 떠오른다.
타는 순간에도, 타고 난 후에도 마찬가지다. '아, 그때 그 선
생님이 가르쳐 준 대로 이렇게 해야 했는데'라는 생각을 계

속한다. 그러다 보니 선생님이 바로 옆에서 말해 주는 것 같다. 서핑 선생님과는 단 두 시간 함께 있었을 뿐인데, 바다 위에 있다 보면 계속 옆에서 함께 하는 것 같다. 서핑 선생님들만의 남다른 존재감이다.

파도를 타야 하는 순간이나 동작은 단지 지식을 전달하는 가르침이 아니라, 몸과 마음에 각인시키는 것이다. 이번에 되었더라도 다음번에는 안 될 수도 있다. 혼자 탈 때는 그 동작이 몸과 마음에 각인될 때까지, 선생님의 말씀을 떠올리면서 움직이다 보니 늘 옆에 있는 것처럼 느끼는 것 같다.

"인스트럭터(Instructor, 발리에서는 서핑 강사를 이렇게 불렀다.)가 항상 네 옆에 있으니까 겁먹을 필요 없어. 침착해. 할 수 있어."

낯선 발리 바다에서 어느 날, 갑자기 커진 파도를 미처 피하지 못해 물에 빠졌다. 보통 물에 빠져도 파도가 지나간 후 물 위로 올라와 보드를 잡으면 안전하기 때문에 그날도 얼른 보드를 찾았다. 그런데 느낌이 이상했다. 나와 단단하게 엮여 있는 무언가가 없는 가벼운 느낌. 서프보드와 나를 연결하는 리쉬(leash)가 끊어진 것이다. 그 순간 다시 파도가 덮쳤고, 누군가 나를 잡았다. 인스트럭터였다. 나는 그래서는 안 되지만, 당황한 나머지 더 겁을 먹어 그를 누르고 물 위로 올라오려고 허우적댔다. 그는 그의 보드에 나를 태우고 파도가 계속 깨져서 휘말리는 위험한 구간을 빠져나가기 위해 보드를 밀었다.

평소에는 장난스러워도, 그들은 프로였다. 어떤 일이 벌어질지 정확하게 예측할 수 없는 바다에서 누군가를 전적으로 믿고 따르는 경험은 인상적일 수밖에 없다. 내가 유난히 좋은 선생님들을 만난 것일 수도 있지만, 발리를 떠나는 비행기에서부터 꿈에 서핑 선생님들이 나왔다.

입문 강습을 받은 후, 3개월 정도 선생님 없이 쭉 혼자 타다 보니 어느 순간 가르침이 간절해졌다. 지금 내 수준에서 고쳐야 할 것이 분명히 있는 것 같은데 뭔지 잘 모르겠는 상태가 지속됐다. 내 앞에 뛰어넘어야 할 벽이 있는 느낌이었다. 어떻게 하면 이 벽을 넘어 다음 단계로 갈 수 있을지, 내가 나를 가르칠 수 없어서 답답했다. 레벨업 강습을 받아볼까 고민도 했지만 가격이 만만치 않아 망설였다.

그런데 어느 순간 라인업에 선생님들이 잔뜩 생겼다. 서핑하면서 사귄 친구들이 그대로 선생님이 된 것이다. '이럴 땐 이렇게, 저럴 땐 저렇게 해 보라'며 가끔 내게 맞는 파도가 오면 양보해 주기도 하는 고마운 친구들이다. 그리고 그들이 타는 것을 관찰하면서 스스로 배우기도 한다.

"이러다 쟤가 너 추월하겠어."

나보다 서핑을 늦게 시작한 친구의 실력이 눈에 띄게 향상
돼 있었다. 매일 퇴근 후 빠짐없이 입수했던 친구다. 문득 궁
금했다. 나와 실력이 비슷했던 친구가 어느 순간 나보다 훨
씬 잘 타게 되었을 때, 그를 선생님으로 자연스럽게 받아들
일 수 있을까?

모든 사람의 삶의 속도는 다르기 때문에 늘 배울 것이 있
다. 나는 가끔 싫어하는 사람도 선생님이라고 생각하곤 한
다. '저렇게는 하지 말자'라는 것을 몸소 가르쳐 주는 선생님.
나보다 잘났고 부러운 사람이 있어도, 그들과 나를 비교하지
않고 배우려는 마음을 먹으면 편하다. 분명히 누군가는 또
나를 보며 배우고 있을 것이기 때문이다. 설사 '저렇게는 하
지 말아야지'라는 것일지라도.

'열심히 하는 습관'에
재미를 넣으면

≈

≈

"나는 열심히 하는 게 습관이야."

대학생 때 만나 2년 정도 같은 회사에 다녔던 승하 언니는 하기 싫은 일도 열심히 하는 자신의 모습에 대해 이렇게 말했다. 늘 '못하는 게 없는 승하'라는 칭찬을 듣던 언니였기에 모든 일을 쉽게 즐기면서 하는 줄 알았다. 그 후로 자세히 보니 언니는 하기 싫은데도 열심히 하고 있었다. 하기 싫은 일을 4년 동안 열심히 했던 언니는 갑작스레 사표를 냈다. 너무 잘하고 있던 사람이 그만두니 모든 사람이 당황했다. 사실 언니는 일이 좋아서, 재밌어서 열심히 한 게 아니라 습관적으로 열심히 하고 있었다. 언니의 말을 듣는 순간 내 머릿

속에 갑자기 반짝하고 불이 켜졌다. '맞다, 나도 열심히 하는 습관이 있지.'

유치원 때 그다지 눈에 띄는 아이가 아니었던 나는 학교에 들어가서는 어느 순간부터 뭐든지 열심히 하고 잘해야 한다는 강박 속에 살았다. 유치원과 달리 학교에서는 경쟁과 비교, 평가가 있기 때문이었을까. 등수쯤은 아무래도 상관없다고 생각하는 친구들도 간혹 있었지만 나는 그러지 못했다.

돌이켜 보면 무언가를 열심히 해서 잘하고 싶었던 건 타인에게 인정받고 싶은 마음 때문인 경우가 많았다. 학교에서 좋은 성적을 받으면 부모님이 기뻐한다는 것을 알고 나서는 공부를 열심히 했다. 부모님의 인정보다 친구들의 인정이 더 중요한 나이가 되자 공부에 대한 욕심이 사라졌다. 공부에 쏟을 열정을 외모, 학교 축제, 미니홈피 같은 것에 쏟았다.

"민주는 노래를 못 하는 것 같아요."

아홉 살이었던가. 피아노 레슨이 끝난 후 엄마가 선생님께 한 말을 우연히 듣고 난 후부터 남들 앞에서 노래를 하지 않으려 했다. 동생은 TV에서 만화 영화 주제가가 나오면 흥겹게 따라 불렀는데 나는 속으로만 흥얼거렸다. 못하니까. 나는 가수도 아니고 그저 노래를 즐기면 되지만 못하면 안 된다는 강박에 시달렸다. 내가 몸을 흔들면 그게 바로 춤인데, 정해진 춤사위를 얼마나 잘하는지에 집착했다. 남들에게 인정받지 못하는 것은 아예 안 했다. 음악을 좋아했으면서도 말이다. 남들이 보기에는 못하더라도 스스로 즐기면서 열심히 하는 방법은 배우기 어려웠다.

고등학생 때 음악 선생님이 각자 좋아하는 가요를 골라 부르는 것으로 가창 시험을 보겠다고 하셨다. 가창에 대한 부담감을 줄여 주기 위해서라고. 그때 한 친구가 박정현의 〈편지할게요〉를 선곡했다. 가수들도 부르기 어려운 노래 아닌가. 역시나 그 친구의 노래는 '잘했다'고 보기엔 어려운 수준이었다. 그땐 이해가 되지 않았다. '왜 잘 부르지도 못하면서 굳이 어려운 노래를 골라서 저러지?' 하지만 이 글을 쓰다 보니 문득 그 친구가 박정현 노래를 부르던 장면이 떠오른다. 잘 부르지는 못했지만, 꼭 부르고 싶은 노래라고 하면서 열심히 부르던 그 모습이. 그 친구의 가창 시험 점수는 기억이 나지 않지만, 점수를 잘 받기 위한 선택이 아니라 본인의 만족을 위한 그 선택이 지금은 빛나 보인다.

타인에게 인정받기 위해 열심히 했던 습관은 서평을 배우면서도 나타났다.

수연 씨는 니아스(Nias) 서핑 트립에서 만난 친구다. 초등학교 선생님인데, 방학을 맞아 서핑을 배우려고 니아스에 왔다. 인도네시아 북서부의 섬 니아스는 월드 서프 리그(World Surf League, WSL) 대회가 열릴 정도로 크고 질 좋은 파도로 유명하지만, 파도가 작아지는 시즌에는 초중급자들을 위한 서핑 캠프가 운영되기도 한다. 니아스는 가난한 섬이지만 파도만큼은 부자다. 니아스의 꼬맹이들은 학교 다녀와서 서핑하는 게 일상이다. 발리에서 만난 나의 서핑 선생님들도 모두 니아스에서 자랐다.

"피하고 싶어요."

수연 씨는 서핑을 배운지 얼마 되지 않아 테이크 오프를 성공하는 횟수보다 물에 빠지는 게 더 많은 상태였다. 타면 재밌지만 물에 빠지면 너무 힘들어서 서핑 레슨 시간이 다가오면 피하고 싶은 생각이 든다고 했다. 힘들면 쉬어도 되는데 뭐든지 열심히 하고 잘해야 한다는 강박이 있다고 했다.

나의 모습을 보는 것 같았다. 서핑 레슨에서도 모범생이 되려고 했고, 서울에서 직장을 다니며 서핑을 하지 못하는 기간이 길어질수록 배운 것을 잊을까 봐 조바심이 났다. 파도가 작거나 없으면 짜증이 나기도 하고, 오래 기다렸던 파도가 왔는데 제대로 타지 못하는 내 모습에 화가 나던 때도 있었다.

'내가 왜 서핑 때문에 스트레스를 받고 있지?'

자격증을 따기 위해서, 누군가에게 인정받기 위해서 서핑을 하는 게 아닌데, 잘해야 한다는 강박으로 자신을 힘들게 하고 있다는 것을 깨달았다. 더 많이 웃으면서 살고 싶어서 서핑을 하는데 바다에서 얼굴을 찌푸리고 있는 나를 보았다. 그런 나를 발견할 때마다 못해도 즐거웠으면 된 거고, 못해도 즐거울 수 있는 내가 되자고 다짐했다. 나로 하여금 서핑을 열심히 하게 하는 원동력은 무엇이어야 할까? 남들의 인정? 나의 행복? 열심히는 하는데, 내가 즐겁기 위해서 열심히 하는 것과 외부의 인정 때문에 열심히 하는 것은 내 몸이 다르게 느낀다.

서핑을 하면서 처음으로, 남의 인정보다 나의 행복과 만족을 위해서 무언가를 열심히, 잘하고 싶은 마음이 들었다. 서핑은 잘 탈수록 재미가 곱절이 된다고 한다. 그래서 현재의 단계를 넘으면 맛볼 수 있는 더 큰 재미가 궁금해 욕심을 내게 된다. 이제는 서핑이 재밌으니까 열심히 한다. 남들의 인정은, 받으면 좋지만 없어도 상관없다. 그저 나의 재미와 행복을 위해서 열심히 하기로 했다. '열심히 하는 게 습관' 그 속에 숨어 있던 남에 대한 인정은 버리고, 그 안에 재미를 넣어서, 다시 '습관처럼 열심히' 그리고 신나게 서핑을 하고 싶다. 그렇기 때문에 역설적으로 잘 타지 못해도 괜찮다. 즐거우려고 타는 거니까.

행복 게이지 40

욕심나는
바다 마일리지

하루하루 쌓아 온 시간이 어마어마한 뭔가를 이뤄 존경스러울 때가 있다. 하루씩 잘라서 보면 얼마 안 되는 시간이고 별 것 아닌 것처럼 보이지만 그것들이 모이니 엄청난 것이 되는 경우다. 무라카미 하루키는 매일 200자 원고지 20매씩의 글을 쓴다고 한다. 그러한 꾸준함이 있었기에 몇 권의 책이 몇 개국의 언어로 번역되어 전 세계 사람들에게 선보여질 수 있었을 것이다.

요가 선생님은 뻣뻣해서 힘들어 하는 수강생들에게 매일 1mm씩이라도 근육을 늘이려고 해야 한다고 했다. 오늘 1mm, 내일 1mm, 이렇게 늘이다 보면 언젠가는 쭉 늘어나 있을 거라고. 한 번에 당장 되진 않지만 '호흡 한 번에 0.1mm씩 늘인다'고 생각하고 하라고 하셨다. 그러지 않으면 근육은 영원히 늘어나지 않는다. 진짜로 0.1mm씩 늘이려고 하다 보니 어느 순간 다리를 쭉 펴고 앉아서 상체를 앞으로 숙였을 때 손바닥으로 두 발바닥을 감싸 쥘 수 있게 되었다.

이틀에 한 번꼴로 새벽 5시에 일어나 한 시간을 운전해 중문색달해변에 간다. 말만 들으면 엄청난 정성이다. 그렇게 갈 만큼 잘 타냐고 묻는 사람도 있다. 물론, 그렇지 않다. 파도 한 번 못 타는 날들이 많다. 일명 '파도에 말리기'만 하다 나오는 날. 그래도 좋다. 힘들게 간 만큼 제대로 타지 못하면 짜증이 날 법도 할 텐데, 그래도 기분이 좋다. 파도에 말리는 것이라도 어제보다 더 능숙하게 하고 있기 때문이다. 능숙의 정도가 아주 조금일지라도 말이다.

서퍼들 사이에서 서핑은 '마일리지를 쌓는 것'과 같다는 말이 있다. 꾸준히 바다에 가야만 잘 탈 수 있게 된다는 말이다. 절대로 하루아침에 서핑을 잘하게 될 수는 없다.

처음 서핑을 배울 때는 스펀지로 만든 보드를 탄다. 부력이 좋아서 흔들림이 덜하고 파도를 잡아타기가 비교적 쉽다.

또한 보드를 익숙하게 다루지 못했을 때 보드와 자신의 몸, 타인의 보드와 부딪쳐 생길 수 있는 부상이나 파손 위험이 적은 보드이기도 하다. 이제 막 서핑을 시작한 사람들은 안전하고 안정적인 스펀지 보드로 패들링과 테이크 오프의 기초 동작을 연습한다. 파도가 나를 밀어줬을 때, 허둥대며 그대로 빠지지 않고 보드 위에 슥 일어서서 파도를 탈 수 있게 되면, 성공이다.

그 다음 단계로 사이드 라이딩(Side Riding)을 연습하게 된다. 서핑은 해변까지 직진으로 오는 것이 아니다. 파도의 옆면을 타는 것으로, 왼쪽이나 오른쪽 중에서 길이 나는 쪽으로 가야 한다. 만약에 파도가 하얗게 거품을 내며 왼쪽에서부터 깨지고 있다면 오른쪽으로 가면 된다. 이런 경우, 오른쪽으로 길이 나는 것이다. 파도는 하얗게 깨지면 밀어주는 힘이 세지기 때문에 하얀 거품을 뚫고 가기는 어렵다. 처음에는 스펀지 보드 위에 엎드려 있는 것조차 어색하지만, 하루 이틀 타다 보면 어느덧 바다 위에 떠 있는 것에 몸이 적응해서 편안하게 엎드려 있는 자신을 발견하게 될 것이다.

보드를 바꾸는 시기는 정확하게 정해져 있진 않지만, 나의 경우에는 스펀지 보드로 사이드 라이딩을 할 수 있게 됐을 때 에폭시 보드로 넘어왔다. 에폭시 보드는 스펀지 보드보다 더 가볍고 반응성이 좋아서 파도를 탈 때 다양한 기술을 연습하기에 더 적합하다. 반응성이 좋다는 말은, 내가 보드를 움직이려고 할 때 보드가 민감하게 반응한다는 말이다. 만약 내가 파도에서 왼쪽으로 가려고 할 때 스펀지 보드보다 에폭시 보드가 왼쪽으로 방향을 바꾸기가 수월하다. (물론 잘 타는 사람들은 스펀지 보드로도 온갖 기술을 다 한다.) 스펀지 보드를 타다가 처음 에폭시 보드를 타면, 너무 흔들려서 가만히 엎드려 있기조차 힘들다. 중심을 잡고 패들링을 해야 앞으로 나가는데, 좌우로 흔들려서 에너지가 분산되니 앞으로 잘 나가지도 못한다. 스펀지 보드를 타며 어느 정도 중심 잡고 패들을 할 수 있게 됐다고 생각했는데 에폭시 보드에 처음 엎드리자마자 좌우로 흔들리기만 하고 전진하지 못하니, 처음부터 다시 시작하는 기분이 든다. 하지만 이 역시 하루 이틀 하다 보면 어느덧 앞으로 쭉쭉 나갈 수 있게 된다.

새 보드에 적응하고 파도를 잡아타는 것만큼 힘든 것이 파도에 휘말리는 것이다. 파도를 타다 보면 파도가 하얗게 깨지는 구간에 빠지거나 휘말리는 순간에 처할 수밖에 없다. 그냥 물에 빠지는 것도 두려운데, 물에 빠져서 통돌이 세탁기 안의 빨래처럼 파도에 휘말리는 건 더 큰 공포다. 초반에는 빠지기만 하면 입과 코로 물을 마셨다. 육체적, 정신적으로 체력 소모가 컸다.

서핑을 더 하고 싶은데 물에 빠져서 물 먹느라 지치는 바람에 힘이 다 빠지는 경우가 반복되다 보니, 물에 빠졌을 때 좀 덜 힘들 방법을 몸이 찾기 시작했다. 우선 심리적인 두려움을 없애기 위해 나에게 세뇌하며 마음을 다졌다. '이건 물일 뿐이고, 빠져도 죽지 않는다.' 물을 좀 덜 먹기 위해 코와 입으로 모두 숨을 내쉬면서 물 위로 떠오르기를 기다리는 연습을 했다. 처음에는 의식적으로 숨을 '푸' 하며 내쉬었지만, 이제는 굳이 신경 쓰지 않아도 코나 입으로 물을 들이켜는 일은 거의 없다. 백번 넘게 빠지다 보니 몸이 익숙해진 것이다.

사실 파도에 휘말릴 때 가장 위험한 것은 물을 먹거나 호흡이 곤란해지는 것보다도, 보드나 리프(reef, 암초)와 충돌하면서 생기는 부상이다. 그래서 물에 빠질 땐 무조건 머리를 보호하기 위해 두 팔로 머리를 감싸면서 빠져야 한다. 일명 '가드 올리는' 자세이다. 머리로는 이해했는데, 몸으로는 잘 안 됐다. 살면서 이 자세를 취할 일이 없어서 몸에 익숙하지 않기 때문이다. 그러던 어느 날, 파도에 휘말리다가 내 보드에 턱을 맞았다. 다행히 큰 부상은 아니었지만, 자칫하면 위험할 뻔했다고 생각하니 그다음부터는 빠지면서 나도 모르게 두 팔로 얼굴을 감싸게 됐다. 한 번 두 번의 경험이 쌓이면서 부상을 피하고자 대처할 방법을 몸이 습득해 가고 있다.

인터넷 서핑 동호회 카페에는 '제가 초보인데 이런 보드를 사도 될까요?'라는 식의 조언을 구하는 글이 종종 올라온다. 초보가 타기엔 좀 어려운 보드인데 '도전해 보고 싶다'는 뉘앙스의 문의다. '좀 더 쉬운 보드로 시작해라'와 같은 조언도 달리지만 만약 정말 해 보고 싶다면 '처음에는 힘들겠지만 매일 바다에 나갈 수 있다면 가능하다'라는 격려를 해 주는 사람도 있다. 여기서 중요한 것은 '매일 바다에 나갈 수 있다면'이다.

몸은 정직하다. 매일 몸으로 무언가를 하는 것은 나의 언젠가를 위해 저축을 하는 느낌이다. 돈을 많이 벌고 싶다고 생각해 본 적은 별로 없지만, 바다 마일리지만큼은 많이 쌓고 싶다.

사람 고르는 것처럼,
내게 맞는 파도를 고르는 법

≋

≋

서핑을 잘하기 위해서는 좋은 파도를 고르는 눈이 있어야 한다. 파도를 잘 골라야 파도를 잡을 수도, 파도를 탈 수도 있다. 파도를 잡을 수 없는 위치에서 잡으려고 하거나, 잡을 수 없는 파도를 잡으려고 하는 것은 초보들이 흔히 하는 실수다. 이런 경우에는 아무리 열심히 패들링을 해도 파도가 잡히지 않는다. 좌절감만 느낄 뿐이다. 바람 부는 날 야외에서 배드민턴을 연습하는 것과 마찬가지다.

좋은 파도를 고르는 것, 파도를 잡을 수 있는 위치를 찾는 것도 서핑 실력이다. 파도를 고르는 데에 기본적인 원리는 있지만 책만 봐서는 다 알 수가 없다. 파도가 책에 설명된 것처럼만 들어오진 않기 때문이다. 이번에 한 번 잘 탔다고 해서 다음에도 똑같이 잘 타리라는 보장도 없다. 이 파도 저 파도 겪어 보고, 이런 상태의 바다 저런 상태의 바다에 다 입수해 봐야 한다. 잡으면 잡는 대로, 못 잡으면 못 잡는 대로 '파도 내공'이 필요하다.

바다에서 다른 사람들이 어떻게 타는지 관찰하는 것도 큰 도움이 된다. '나라면 이렇게 탔을 텐데 저 사람은 저렇게 타니까 더 잘 되는구나.', '못 잡을 것 같은 이런 파도도 저렇게 하면 잡을 수 있구나.' 다른 서퍼들을 통해 많은 것을 배울 수 있다.

입수하기 전에 바다를 관찰하는 것도 중요하다. 파도가 어떻게 와서 어디서 깨지는지, 바다 안에 있으면 보이지 않는 것들을 해변에서 더 잘 볼 수 있다.

사람의 취향은 제각각이듯, 누군가에겐 좋은 파도였는데 누군가에겐 별로일 수도 있다. '오늘 어디 파도가 좋대'라는 말만 믿고 따라갔다가 자신과는 맞지 않아 아쉬울 때도 있다. 마치 정말 괜찮은 사람이라고 해서 만나 봤는데 기대와는 달라 결말이 흐지부지된 소개팅 같다.

"오전 레슨 어땠어? 새로운 인스트럭터랑 했지?"

"제가 못 타서 그런지 너무 힘들었어요."

"자기랑 안 맞는 인스트럭터가 있어. 파도 보는 눈도 다 다르고. 못 타서 그렇다고 생각하지마."

발리의 서핑 캠프에는 여러 인스트럭터가 있다. 돌아가면서 다른 인스트럭터와 레슨을 하게 되는데, 나와 잘 맞는 인스트럭터가 있고 아닌 사람도 있다. 인스트럭터도 모두 자기 스타일이 있는 서퍼들인지라, 선호하는 파도 스타일이 다르기 때문이다.

서핑하기 전에는 모든 파도가 똑같아 보였는데, 이제는 전부 다르게 보인다.

파도 고르는 것, 사람 고르기만큼 어렵다. 나는 사람도 잘 못 고른다. 사람 보는 눈을 기르기 위해서 많은 사람을 만나보라고 한다. 하지만 파도를 그저 멍하니 보고 있는 것만으로 파도 보는 실력이 늘지 않듯, 사람도 아무 생각 없이 닥치는 대로 만나는 건 별로 도움이 되지 않는 것 같다. 나는 싸움을 회피하는 성격 탓에, 대부분의 연애에서 한 번도 싸워보지 않고 이별을 택했다. 웬만하면 참고 참다가, 싸울 일이 생기면 그냥 바로 헤어진 셈이다. 싸워 보질 못했으니 사실

그 사람을 제대로 겪었다고 할 수 없었다.

"넌 진짜 못 싸우는구나. 그냥 나한테 화를 내."

연애를 하면서도 표면적인 관계만을 맺었다는 것을 깨달은 다음부터, 새로운 연애를 시작할 때마다 잘 싸우고 잘 화해하자는 다짐을 한다. 하지만 갈등이 생기면 습관적으로 피했다.

바다에서도 처음에 그랬다. 못 탈 것 같은 파도가 오면, 겁을 먹고 포기하곤 했다. 하지만 이렇게 계속 피하면, 내가 그 파도를 탈 수 있는지 아닌지 영원히 모를 것이다. 사실 지금 탈 수 있는 파도도 한 번 타 봤으니 탈 수 있다는 걸 알게 된 것 아닌가. 이다음에 누군가를 만나게 된다면, 치고받고 싸우면서 그 사람을 겪어 보고 싶다. 물에 빠지고 보드에서 넘어지고 때로는 파도를 못 잡기도 하면서 파도 고르는 법을 배워가듯 말이다.

나는 못 탈 것 같아서 피하기만 했던 모양의 파도가 오늘 또 왔다. 오늘은 한번 해 봐야겠다. 파도를 귀신같이 골라 파도 귀신이라 불리는 발리 서핑 캠프의 이라완은 큰 파도에 말려 헉헉대는 나를 다시 바다로 보내며 말했다.

"누나, Never try, never know야."

내 맘대로 되지 않는 것을
받아들이는 훈련

≋

≋

온다 리쿠의 단편 소설집 『나와 춤을』(비채, 2015)에 수록된 단편 소설 「소녀계 만다라」 속의 세상은 끊임없이 움직인다. 정말로 건물과 땅, 바다가 움직이는 것이다. 어제 그곳에 있던 것이 오늘은 그곳에 있지 않다. 옆집이 이동하고 없거나, 우리 집이 다른 집과 포개졌다든가, 마당이 늘어나 있거나 하는 식이다. 소설 속 주인공은 문방구가 일주일 내내 행방불명되는 바람에 고생했던 기억이 있어, 문방구를 발견하는 즉시 필요한 것을 사 놓곤 한다. 학교의 교실들도 계속 이동한다. 그래서 내가 들어야 할 수업의 교실이 꼭 근처에 있다는 법이 없으므로 수업 시작 시간이 되면 우선 아무 교실이나 들어가 아무 수업이라도 들어야한다. 소설 속의 세계는 움직이고 있으며 아무도 예상할 수없다. 이에 대해 주인공은 이렇게 말한다.

'이게 전부 늘 똑같은 곳에 있어 늘 똑같은 곳으로 돌아간다면 어떨까. 상상해 보았다가 풋 하고 웃음을 터뜨렸다. 그런 따분한 생활 따위 도저히 못 견딜 것 같다. 늘 그곳에 있다는 것을 알고 있다니 난센스가 따로 없다.'

이런 주인공에게 엄마는 말해 준다. 예전에는 세계가 움직이지 않았다고 말이다. 다들 맨날 똑같은 곳에 있고 안에만 틀어박혀 지내다 아무것도 낳지 못하는 사회가 되면서 위기감을 느낀 사람들이 세계를 움직이기로 했다고. 그 덕분에다시 활력 있는 사회가 되었다고.

계속 움직이는 세상, 소설 속에만 있을 것 같은 이 세계가나에겐 있다. 서핑을 하고 있으면 나는 그런 세계에 들어가있는 기분이 든다. 파도가 만약 늘 그 자리에 있었다면 아마이렇게까지 서핑에 푹 빠져 버리지 않았을 것 같다. 내가 원하는 때, 늘 있던 자리에 피아노와 자전거가 있었지만, 피곤함, 안 좋은 날씨, 오랜만의 약속 등은 예고 없이 찾아와 제일 앞자리에 서서 피아노나 자전거를 밀어냈다. 하지만 서핑은 그 어떤 사정보다도 파도의 컨디션이 우선이다. 바다의 밀당에 나는 항상 끌려다닌다. 만남에 있어 아쉬운 쪽은 언제나 나이기 때문에 내가 늘 파도를 기다린다.

파도 차트를 보니 탈 만한 파도가 있을지 없을지 애매해서 조금 일찍 가서 기다려 보기로 했다. 아침 8시에 일어나 월정리해수욕장에 가서 해변 앞 벤치에 자리를 잡고 앉았다. 너울이 조금씩 생기고는 있는데 탈 수 있는 상태는 아니다. 조금만 더 만조 시간에 가까워지면 좋아질 것 같아서 해변에 앉아 기다려 보기로 한다. 이번 파도, 다음 파도, 그다음 파도……. 파도가 점점 커지는지 작아지는지도 관찰해야 한다. 보다가 좀 지겨우면 차에 잠시 가서 바닷바람을 피해 쉬다가 다시 나와 본다. 이렇게 두 시간을 지켜봤다. 결국 입수를 하지 못했다. 두 시간 동안 파도만 보다가 출근 시간이 다되어 집으로 돌아왔다. 가끔 있는 일이다.

아쉽기는 하지만 기분은 좋다. 내일이 아니면 모레, 어쨌든 조만간 서핑할 만한 파도가 올 것이기 때문이다. 그때 하면 된다. 꼭 오늘 하지 못해도 괜찮다. 오늘의 파도 컨디션이 나와 맞지 않았을 뿐이다.

삶에 대해서도 이럴 수 있을까. 면접 본 회사에서 떨어졌을 때, 마음에 든 상대와 마음이 통하지 않았을 때, 좋은 집을 찾았는데 다른 사람이 채갔을 때. 이번엔 나와 맞지 않았을 뿐 다음번에 좋은 직장을 구할 수 있을 거라고, 좋은 사람을 만날 수 있을 거라고, 좋은 집을 다시 구할 수 있을 거라고 평온하게 생각할 수 있을까. 내 잘못이 아니라 그저 때가 아니었기 때문에 안 된 일들이다. 남 탓도 자책도 아닌, 다음을 위해 나아갈 수 있는 길로 가면 된다.

대학생 때 '1년 휴학을 하느냐 마느냐' 동기들과 심각하게 고민했다. 1년 놀고는 싶은데 그랬다가 졸업이 1년 늦어지고 취직에도 영향을 미칠까 봐. 동기 중에 3수 끝에 입학한 언니는 누구보다 초조해했다. 2년이나 늦게 대학에 들어왔으니 휴학할 여유 따위는 없다고 했다. 지나고 나서 보니 이 긴 인생 중에 1년은 아주 짧은 시간이었다. 1년 늦게 학교 가고, 1년 늦게 취직한다고 해서 뭐가 크게 나빠지는 건 아니었다.

나이를 먹을수록 삶이라는 긴 터널을 점점 더 한눈에 볼 수 있게 되는 것 같다. 어릴 때는 내가 지나고 있는 부분밖에 보지 못했다면, 지금은 앞과 뒤를 좀 더 볼 수 있을 만큼 시야가 넓어진 느낌이다. 아마도 눈앞의 저 빌딩을 목적지로

삼아 가던 도시에서, 수평선과 육지와 하늘을 한눈에 담을
수 있는 바다로 오게 되면서 나의 시야가 넓어진 것일지도
모르겠다. 이렇게 보니 이제 1년 가지고 안달복달할 이유가
없다.

서핑을 하면서 내 맘대로 되지 않는 것을 받아들이는 훈련
을 하게 된다. 앞으로 40년 동안 탈 거니까 오늘 하루쯤 못
타도 괜찮고, 즐거우려고 타는 거니까 파도가 없다고 짜증
내는 건 어리석은 일이다.

행복 게이지 60

패닉에 몰아넣는 것도,
구하는 것도 나 자신

〰〰

〰〰

나는 어려서부터 물을 좋아했다. 하지만 바다에서 놀다가 깊은 곳에서 빠진 경험이 있어, 발이 닿지 않는 곳에 가면 몸이 잔뜩 긴장한다. 설상가상으로 가장 친했던 언니가 익사 사고를 당하는 바람에 최근 몇 년간 트라우마에 시달렸다. 수영을 아예 못하는 건 아닌데, 물에 빠지거나 빠질 것 같은 상황이 되면, 순간적으로 패닉에 빠지곤 했다. 이 트라우마는 서핑을 즐기고 싶은 내가 넘어야 할 가장 큰 산이기도 했다.

서핑을 한다고 하면, 수영을 못해도 서핑을 할 수 있냐는 질문을 종종 받곤 한다. 서핑이 익스트림 스포츠로 분류되다 보니 가장 많이 궁금해 하는 내용이다. 간단하게 말하자면, 수영을 잘하면 좋지만 못해도 서핑은 배울 수 있다. 꼭 깊은 곳에서 큰 파도를 타는 것만이 서핑은 아니니까. 물이 얕은 곳에서 작은 파도를 타도 서핑의 즐거움을 누릴 수 있다. 물론 서핑을 계속하려면 안전을 위해서 수영을 배워 두는 것이 좋다. 서핑에 깊이 빠져드는 만큼 물에도 많이 빠질 수밖에 없기 때문에, 누가 강요하지 않아도 스스로 배우게 되는 경우도 많다.

다른 수상 레저와는 달리 서핑을 할 때는 구명조끼를 입지 않는다. 서프보드 자체가 부력이 있는 인명 구조 도구이기 때문이다. 실제로 물에 빠진 사람을 서핑하던 사람들이 구해 주는 경우도 많다. 서프보드로부터 분리되지 않기 위해 리쉬를 반드시 착용해야 한다. 리쉬는 보드와 사람을 연결해 주는 탄성이 있는 끈인데, 보통 이것을 보드의 꼬리 부분에 걸고 발목이나 무릎에 착용한다. 생명줄인 셈이다.

서핑 배우기가 하나의 도전이었던 것처럼 물에 대한 공포심을 극복하는 것도 나의 과제였다. 제주에서 서핑을 배운 후, 양양으로 파도를 찾아다닐 때는 주로 작은 파도만 타거나 얕은 곳에서만 탔다. 실력에 비해 큰 파도를 타려다가 다치는 사람들을 많이 봐서 겁이 많이 났기 때문이다. 아주 얕은 곳에서만 타서 위험한 상황에 처한 적은 없었지만 나도 깊은 곳에서 더 큰 파도를 타 보고 싶은 마음은 있었다. 아기가 첫발을 내딛긴 했는데 아직 무서워서 두 번째 발은 땅에서 떼지 못한 상태라고나 할까. 그 두려움을 이기고 두 번째 발을 떼어야 걷는 것도, 뛰는 것도 할 수 있을 텐데 말이다.

그러던 중 회사를 그만두고 발리로 여행가서 서핑을 하기로 했다. 제주에서 서핑을 처음 배운지 8개월 만이다. 서울에서 일이 없는 주말에만 드문드문 다녀 입수 횟수는 아주 적으니 서핑을 한다고 말하기도 민망한 수준이었다. 서핑 트립이라기 보다는 발리에서 서핑을 다시 배웠다고 하는 편이 더 낫겠다.

한국보다 크고 힘이 센 파도, 훨씬 깊은 수심, 한국에선 겪어본 적 없는 리프 브레이크(reef break)의 발리. 바다의 바닥이 뾰족뾰족한 돌로 되어 있어 부상의 위험이 크지만, 파도가 일정하게 깨진다는 장점이 있다. 바닥이 모래로 되어 있으면 파도에 의해 모래가 움직여 지형이 바뀌고, 파도의 모양이나 깨지는 위치도 달라진다. 발리는 전 세계의 서퍼들이 사랑하는 섬답게, 서핑을 잘하는 사람이라면 그만큼 더 재미

있게 서핑을 할 수 있는 곳이다.

반면 서핑 초보였던 내가 발리의 서핑 강사들에게 제일 많이 들었던 말은 "Don't panic!"이었다. 깊은 곳에서 큰 파도를 맞고 한번 빠지면 발이 안 닿아 1차 패닉, 당황해 숨이 가쁘고 호흡 조절이 안 돼 2차 패닉, 겨우 물 위로 올라와 보드에 매달리면 큰 파도가 바로 다시 나를 덮쳐 무한 패닉 상태였다. 이렇게 발리에서 나는 내 안에 눌러 놓았던 물에 대한 공포심을 정면으로 마주하게 되었다.

파도가 힘 있게 깨지는 곳에서 물에 빠지면, 통돌이 세탁기에 들어간 빨래처럼 물속에서 데굴데굴 구르게 된다. 이를 '통돌이 당한다'고 표현한다. 이렇게 파도에 정신없이 휩쓸리는 일은 서핑을 하다 보면 피할 수 없는 일이다. 이때 성급하게 물 위로 올라오다가 파도에 휩쓸리던 자신의 보드와 충돌하거나 물속에서 돌에 부딪히는 등 위험한 상황에 처할 수 있다. 만약 가까이에 사람이 있다면 그 사람의 보드와도 충돌할 수 있는 것은 물론이다. 그럴 때는 차분하게 물속에서 숨을 참으며 파도가 지나가고 위로 떠오르기를 기다리고 있으면 된다. 하지만 어디 이게 말처럼 쉬운 일인가.

사실 그렇게 겁먹을 깊이도, 파도도 아닌데 나는 겁먹은 상태라 계속 혼비백산이니, 인스트럭터들은 나를 안심시키려 많은 노력을 했다. 그중 아직도 기억에 남는 말이 있다. "This is just water." 18살의 현지인 강사가 건넨 말이었다. 그리고 나서도 그는 항상 내 곁에서 자신이 함께하고 있다고, 무서워하지 말라고 말했다. 맞다. 그저 물일뿐이었다. 물론 위대한 자연이고 인간의 능력으로는 완벽하게 예측하기 어려운 바다이지만, 서핑 경력 10년의 숙련된 선생님이 옆에서 날 지켜보고 있으니 마음껏 구르고 빠져 봐도 괜찮은, 물일뿐이었다. 그때부터 물을 무서운 존재로 만드는 내 안의 두려움과 적극적으로 싸우기 시작했다.

큰 파도를 넘어가야 할 때 겁이 난다는 이유로 주춤하면 내가 상상했던 최악의 상황이 닥쳐오곤 했다. 이 파도를 무사히 넘어가지 못하고 파도에 얻어맞아 물속에서 데굴데굴 구르면서 해안가까지 끌려가는 상황. 그래서 겁이 날수록 더 빨리 패들링을 했다. 인간은 위기에 처하면 자신이 가진 최대의 능력이 발휘되는 것일까. 큰 파도 앞에서 정신을 가다듬고, 나도 놀랄 정도로 정말 빨리 패들링을 했다. 그러자 최악의 상황은 벌어지지 않았다. 무섭기만 했던 파도는 온데간데없고, 내 앞에는 그 파도 너머의 잔잔한 바다가 펼쳐져 있

었다.

자전거를 탈 때도 마찬가지다. 멀리서 보는 오르막은 굉장히 가파르게 보이지만, 페달을 힘껏 밟아 나가면 나도 모르는 사이에 어느새 오르막에 진입해 있고, 생각보다 내 힘으로 올라갈 만한 높이라는 것을 알 수 있다. 그런데 만약 언덕이 높아서 힘들 것 같다는 마음에 페달 밟는 것을 조금이라도 멈춘다면, 훨씬 힘들게 언덕을 지나가야만 한다.

겁난다고 처음부터 포기할 필요가 없다. 나를 가장 힘들게 하는 것은 내가 만든 걱정과 두려움이 아닐까. 걱정하고 두려워했던 것들을 막상 마주하면 생각보다 괜찮은 경우가 많다. 높은 파도에서 떨어져 봐야 물에 빠질 뿐이다. 이 파도가 나를 덮치면 죽을 것 같다는 생각이 들겠지만, 물속에서 숨 꾹 참고, 아니면 바닷물 좀 먹고 물 위로 올라와서 다시 바다로 나아가면 된다. 죽을 것 같다는 건 내가 만든 생각이고, 이 파도를 헤쳐 나가는 것도 나에게 달려 있다. 혹여나 헤쳐 나갈 수 없을 정도로 정말 너무 힘든 파도라면 잠시 물 밖에 나와 쉬었다가 다시 다음 파도를 타면 된다. 파도는 계속 오니까 말이다.

내가 나를
안아 주는 시간

~~~

~~~

　　　　　　　신드롬에 가까운 열풍을 일으
켰던 영화 〈보헤미안 랩소디〉(Bohemian Rhapsdy, 2018)를 보
았다. 영화를 보는 내내 퀸의 음악을 즐길 수 있어 좋았지만,
프레디 머큐리가 본인이 동성애자임을 받아들이고 〈보헤미
안 랩소디〉를 부르는 장면은 마음이 찡했다. 동성애가 사회
적으로 터부되는 분위기 속에서 있는 그대로의 본인을 드러
내거나 인정받지 못하고, 자신도 그런 자신을 인정하기까지
겪었던 혼란과 갈등, 괴로움이 느껴졌기 때문이다.

　단지 그가 안쓰럽기만 했던 건 아니었다. 왠지 프레디 머
큐리의 상황이 내 일 같은 기분이 들었다. 처음엔 조금 당황

스러웠다. 나는 프레디 머큐리처럼 크게 힘든 상황에 처한 것이 아닌데 왜 그러지?

"너희는 얼마나 행복한지 알아야 한다."

엄마는 항상 말했다. 우리 집은 부유하지는 않았지만 찢어지게 가난한 것도 아니었고, 부모님의 불화나 폭력도 없었다. 겉으로 보기에 큰 문제없는 그런 가정이었다. 개인적으로도 20살이 되고, 아이들이 이젠 누나, 언니라고 불러야 할지 이모라고 불러야 할지 애매한 나이가 되기까지 별다른 일도 없었다. 아빠가 폭력을 일삼던 친구, 수년간 모은 결혼 자금 털어 친동생의 빚을 대신 갚아 주고 여자 친구와는 헤어진 선배, 암에 걸렸다가 극복한 동료, 독박육아로 힘들어 하는 친구, 성소수자인 후배……. 특별히 내세울 만한(?) 우여곡절 없는 인생이라 생각했다.

하지만 프레디 머큐리의 아픔에 공감하는 나를 보면서, 그제야 알았다. 누구나 어디에서 무엇을 하고 있든 자신이 서 있는 그 자리에서 힘들다. 남들의 눈에는 별거 아닌 것으로 보일지라도 말이다. 그래서 그건 본인 스스로가 알아줘야만 한다. 아, 나 이만큼 힘들구나, 다독여 주고 위로와 보상을 해 줘야 한다. 나 힘든 걸 남이 알아주기를 바라다가는 지치고 외로워진다. 남들이 알고 위로와 응원을 보내는 건 옵션일 뿐, 일단 기본적으로는 내가 나를 알아주는 것이 전제되어야 한다. 그러지 못하고 남들이 나를 알아주기만을 바랄 때, 자신도 지치고 주변 사람도 지치게 만드는 것 아닐까.

나는 남들 마음에는 신경 쓰면서 내 마음의 소리에는 그다지 귀 기울이지 않고 살아왔다. 타고난 성향 때문이기도 했지만, 어려운 상황에 처해 있는 사람들을 돕는 일을 업으로 삼으면서 타인의 이야기에 귀 기울이는 것에만 더 익숙해졌다. 나의 일상은 너무 힘든데, 타인의 더 나은 삶을 위해 꾹 참고 일하는 것이 때때로 아이러니하게 느껴질 때도 있었지만, 인생은 원래 그런 것이라고 생각했다.

나도 내 나름의 힘든 이유가 있는데, 힘들어 할 만한 일이 아니라고 치부해 왔다. 스스로 이 정도쯤은 버티라고 몰아붙였다. 힘들고 울고 싶은 마음이 들면 '나 왜 이럴까' 하고 의아하게 생각했다. 내 감정을 받아들이기보다는 그런 나의 반응이 이상하다고 생각했다. 아마 내 안의 나는 그래서 많이 외로웠을 것이다. 그런 마음이 프레디 머큐리 같은 극 중 인물을 만나 튀어 나왔다.

최근 현대인들의 자존감이 화두가 되면서 자신만을 위한

시간 갖기를 추천하곤 하지만 온전히 자신에게만 집중할 수 있는 환경을 만들기란 쉽지 않은 세상이다. 일단 알려고 노력하지 않아도 예쁘게 포장된 남의 삶을 너무 쉽게 볼 수 있다. 손가락만 움직여 SNS만 봐도 다른 사람들이 얼마나 잘 먹고 잘 놀고 있는지 알게 된다. 게다가 우리는 어려서부터 남들과 비교 당하는 것에 익숙하고 일방적으로 정해진 행복의 기준을 갖추도록 강요받아 왔기에, 진짜 자신이 원하는 것을 찾는 것에는 서투르다.

바다 위에 떠 있으면 스마트폰도 TV도 볼 수 없다. 서핑을 하겠다는 마음인 자의 반, 서핑 때문에 어쩔 수 없이 타의 반으로 문명과 떨어져 나만의 시간을 갖게 된다. 복잡한 세상과 한걸음 떨어져 나만의 시간을 갖기 위해 무던히도 노력했었는데, 서핑을 하고 나서야 이루게 되었다. 자연 속에 있어야 하는 시간이 늘어나면서, 자연스럽게 스마트폰에 의존하는 시간이 줄었다.

파도를 기다리면서 다른 서퍼들은 무슨 생각을 할까? 문득 궁금해졌다. 아마 모두가 모든 순간에 심오한 생각을 하진 않을 것이다. 아무 생각도 안 하는 시간이 많겠지. 나는 아무 생각도 안 하는 나와 그들의 그 시간이 너무 소중하다.

서울에서는 아무 생각도 안 하고 있어 본 적이 별로 없다. 아무것도 안 하는 시간은 낭비라고 생각했다. 많은 사람이 시간이 빌 때는 물론이고, 피곤에 절어 손가락 까딱할 힘조차 없어도 습관적으로 스마트폰을 본다. 모두들 잠자기 직전까지 스마트폰을 보다가 얼굴 위로 폰을 떨어뜨린 경험이 있을 것이다.

'Think of nothing things, Think of wind(아무것도 아닌 것을 생각해. 바람을 생각해).'

징글징글하던 사랑을 끝내며 태영이는 마음이 복잡할 때 하루키의 이 문장을 생각한다고 했다. 그러면 조금 괜찮아진다고 했다. 어떤 고민이 생기면 꼬리에 꼬리를 물고 생각의 나래를 펼치는 것에 익숙했던 내게 이 말은 신선한 충격이었다. '아무것도 아닌 것'을 '생각'한다니. '아무 생각도 안 한다'는 것도 어떤 건지 제대로 알지 못했던 때였다. 그래서 하루키는 일단 바람을 생각하라고 가르쳐 준 것 같다. 눈에 보이지 않지만 분명히 이곳에 있는 바람을 생각하니 조금 알 것 같았다.

바다 위에서 파도를 보며 아무것도 아닌 것을 생각하면 많은 것이 명료해진다. 내가 안달 나더라도 얻을 수 없는 것은 포기할 수 있게 되고, 내가 온 마음을 다 써도 바꿀 수 없는 타인의 마음에 신경을 끊을 수 있게 된다. 내게 분명히 시련을 줄 일들이 벌어졌어도, 시간을 되돌릴 수 없으니 받아들이고 견딜 수 있게 된다. 내가 어찌할 수 없는 것들에 대한 생각을 멈추고 나에 대해 생각한다. 다른 사람의 눈치를 보며 그의 감정을 상상하는 것 대신 내 감정에 집중하게 되고, 남들의 시선 때문에 내 할 일이라고 착각했던 것들로부터 멀어져 진짜 내가 원하는 것들을 본다. 그리고 그 누구도 아닌 내가 나를 안아줄 수 있다는 것을 알게 되었다.

내 꿈은
할매 서퍼

～～
～～

～～
～～

　　　　　　　　　　외할아버지는 치매로 고생하시
다가 돌아가셨다. 요양원에 가시기 전까지는 자녀들이 돌아
가면서 한 달씩 외할아버지를 모셨다. 큰외삼촌네, 둘째 외
삼촌네를 거쳐 우리 집에서도 한 달 지내다 가셨다. 기억은
온전치 못하셨지만 신체적으로는 건강하셨던 외할아버지는
밖으로 자꾸 나가려고 하셨다. 나가셨다간 집을 잃어버릴 가
능성이 매우 높기 때문에 혼자서는 절대 못 나가시게 해야
했다. 가족 모두 회사와 학교로 가면 외할아버지는 온종일
TV를 보셨다. 애국가가 나오고 모든 방송국의 프로그램이
끝난 후에도 지지직거리는 화면을 계속 틀어 놓고 새벽까지

앉아계시곤 했다. 그날 하루 너무 심심하셨기에, 이대로 잠
들기엔 아쉬우셨던 게 아닐까.

내가 할머니가 되어 지금처럼 활발하게 사회생활을 할 기
력이 없을 때 무엇을 하며 지낼지를 상상하곤 한다. 더는 세
상이 불러주지 않는 나이, 나를 비롯해 주변의 많은 것들이
단조로워지는 시간일 것이다.

자녀들이 있고 그 아이들이 또 아이들을 낳아 손주들이 커
가는 낙에 지내는 경우도 많지만, 아이를 낳을 계획이 없는
나에게는 그다지 매력적인 미래는 아니다. 타인으로부터 얻
는 기쁨도 물론 크겠으나, 일단 나는 나 자신을 행복하게 해
줄 수 있는 삶을 살고 싶기 때문이다. 그래서 자식들이, 손주
들이 언제 내 집을 방문할지를 기다리는 노후보다는 내 계획
과 의지로 움직이는 노후를 보내고 싶다.

거리를 지나다 보면 그늘막에 자리를 펴고 앉아 계신 노인
분들을 가끔 뵙는다. 그럴 때마다 늙어서 외로이 멍하니 시
간을 보내야만 한다면 너무 우울할 것 같다고 생각했다. 물
론 육체의 노화란 자연의 섭리라 거스를 순 없겠지만, 나이
들었다는 이유로 뒷방에서 구경꾼처럼 사는 것을 당연하게
여기기는 싫다. 온종일 TV를 보며, 나는 늙어도 세상은 여

전히 움직이는구나' 하기보다는, 내가 살아있음을 내 몸으로
느끼면서 살고 싶다.

하지만 노인이 되었을 때 무엇을 하면서 살면 재미있을지
뾰족한 답을 찾기는 쉽지 않았다. 주변에 롤모델로 삼을만한
분들이 많지 않기도 하고, 젊었을 때보다 선택할 수 있는 범
위가 좁아지는 것도 사실이다. 경제 활동도 지금만큼 못 할
가능성이 높고 체력도 현저히 떨어질 수밖에 없다. 몸이 늙
는 속도는 그대로인데 수명만 길어졌다. 아무것도 제대로 할
수 없는 채로 십수 년을 보내야 할 수도 있다는 불안감 때문
에 많은 사람이 노후 걱정을 한다.

작년에 일본으로 여행을 갔을 때, 작은 시골 마을 앞바다
에서 할아버지들과 함께 서핑을 했던 적이 있다. 연금생활자
인 노인 인구가 대부분이라는 그 바다 마을의 로컬 서퍼들이
었다. 여름이었지만 비가 내려 갑자기 추워진 날씨 때문인지
풀슈트 차림이었던 그분들은, 약간 배도 나오고 머리도 조금
희끗희끗한 분들이었다. 여유롭게 바다를 느끼며 즐겁게 서
핑하고 계셨다. 이제 막 서핑을 시작해 허우적대는 나에게
'간바떼!'라며 응원해 주시고, 그쪽은 힘든 곳이니 이쪽에서
타라며 요령도 알려주셨다.

그분들을 보면서, 서핑은 젊은이들만의 스포츠가 아니라 늙어서도 할 수 있구나 생각했다. 얼마나 좋은가? 집 앞 바다에 나와 몸을 담그고 파도를 기다리는 시간이. 언뜻 보기에도 60세가 넘어 보이는 할아버지들이 30대인 나와 같은 바다에서 패들링을 하고 파도를 잡아타는 모습은, 늙었다고 해서 무언가를 멈추거나 포기할 필요가 없다는 것을 말하는 듯했다. 물론 젊은이들만큼 파워 넘치는 패들링이나 현란한 기술을 보지는 못했지만 충분히 행복한 서핑을 하고 계셨다.

할머니가 되어서도 서핑을 해야겠다는 꿈이 생겼다. 나의 노후 준비는 할매 서퍼가 되기 위한 준비와 다름없다. 막연한 노후 자금이 아니라, 바다에 살며 서핑을 하기 위해 필요한 만큼의 돈을 모으자는 목표를 세웠다. 바다에 입수를 하고 움직일 수 있는 몸을 만들어 가는 것도 아주 중요한 과제가 됐다. 여성은 서른이 넘으면 매년 근육이 자연적으로 줄어든다고 하니 적당한 근육량을 유지할 수 있도록 운동을 하고, 잘못된 습관 때문에 몸이 틀어지는 것을 바로잡기 위해 요가도 꾸준히 하기로 했다.

제주에 내려와서 서핑하면서 산다는 소식을 접한 지인 중한 명이 내게 말했다. "나도 30대라면 도전했을 텐데." 순간, 조금 놀랐다. 40대라서 못할 건 뭐지? '물이 무서워서', '비용이 부담스러워서', '시간이 없어서'라면 이해할 수 있지만, '40대라서 못하겠다'는 얘기를 들으니 지인이 안타깝게 느껴졌다. 나이를 먹을수록 할 수 없는 것들이 늘어간다면 나이 먹는 일이 슬픔으로만 가득 찰 것 같다.

얼마 전, 제주에서 나훈아 콘서트 티켓팅이 오픈된 지 몇 분 만에 매진됐다는 소식을 들었다. 같이 일하는 실장님도 어머니께 선물하기 위해 대학교 수강 신청 하듯 긴장 속에서 티켓팅을 했다. 할머니들도 나훈아 콘서트에서 오빠를 외치며 열광한다. 모두가 몸은 늙는데 마음은 그대로다. 내가 20살 때 봤던 30대 언니들은 정신적으로 굉장히 성숙해 보였는데, 내가 30대가 되고 나서 보니 20대 때와 별반 다르지 않다. 한국만큼 나이라는 숫자에 갇혀 사는 곳이 또 있을까?

석 달간의 미국 출장에서 만났던 동료 중에는 60대인 분들도 있었다. 나와 함께 신규 활동가 교육을 들었던 그들은, 이제 막 새로운 일을 시작하고 있었다. 그들은 나이와는 상관없이 아직 건강하고 일을 할 수 있고 하고 싶은 일이 생겼기

때문에 교육을 받고 새로운 활동을 시작했다. 20대와 60대가 동일하게 신규 활동가로 출발선에 선다. 아무도 그들에게 '나이도 있으신데 대단하세요.'라는 말을 하지 않는다.

제주에서 만난 서퍼 친구 중에는 배 나온 할아버지가 되어서도 서핑을 계속하고 싶다는 친구들이 있다. 일본 바다 마을의 할아버지들처럼 나도 오래오래 바다에서 친구들을 만날 수 있다면 더없이 좋겠다. 매일 다르게 들어오는 파도를 타면서 어제와 오늘이 똑같지 않은 삶, 고여 있지 않은 삶을 살 수 있다면 좋겠다.

할매 서퍼가 되기로 하고 나서 서핑하는 것이 더욱더 여유롭고 즐거워졌다. 살아있는 동안 즐겁고 행복하기 위해 하는 서핑이니, 지금부터 약 40년 동안 천천히 배운다는 마음이 들었기 때문이다. 그래서 잘은 못하지만 조금씩 서핑에 익숙해져 가는 내 몸을 느끼기에 행복하다. 이런 마음이라면, 죽음에 가까워졌을 때에도 행복하게 지낼 수 있을 것 같다.

시간을 쓰는
새로운 방법

≋

≋

　　　　　바쁜 일정에 지쳐 있던 2017년 초봄이었다. 일하다가 지루해 잠시 여행 관련 앱을 켰더니 여름휴가 시즌 도쿄행 비행기가 왕복 25만 원에 올라와 있었다. 도쿄에 가 볼 계획이 있었던 것도 아니고, 도쿄 왕복 25만 원이 저렴한 건지 아닌지도 모르는 상태였지만, 티켓을 끊는 것만으로도 일탈하는 것 같은 기분이 들어 무작정 결제했다. 순식간에 여름휴가 계획이 확정됐다. 일본에는 여러 차례 다녀왔지만 도쿄는 처음이었다. 일본은 갈 때마다 먹을 것도, 구경할 것도 많았으니 도쿄에 일주일 동안 있어도 지루하지 않겠거니 싶었다. 서핑을 배우기 전에 세웠던 여름휴가 계획이었다.

그런데 서핑을 배우고 나니 마음이 달라졌다. 1주일 이상을 연속으로 쉴 수 있는 황금 같은 여름휴가에 꼭 서핑을 하고 싶었다. 모든 것이 그렇겠지만, 띄엄띄엄하면 실력이 늘지 않는다. 하지만 직장을 다니며 3일 이상 연속으로 마음 편히 서핑을 하기란 쉽지 않다. 여름휴가는 서핑에 집중할 수 있는 거의 유일한 기회다. 하지만 불행하게도 내 손에는 이미 결제를 마친 환불 불가능한 조건의 도쿄행 티켓이 있었다.

"도쿄에도 서핑 스폿 있대."

휴가 때 서핑하러 가고 싶은데 도쿄행 티켓에 발목 잡혀 고민이라고 하니, 서핑하는 친구가 도쿄 근처에도 서핑 스폿이 있다는 사실을 알려 주었다. 생각해 보니 일본은 섬나라였다. 태평양에서부터 들어오는 파도를 그대로 받는다. 나리타 공항에서 1시간 30분 거리에 있는 해안 마을의 한인 서핑숍을 찾아 8일 중 4일을 그곳에서 보내기로 했다. 4일간의 계획은 오로지 서핑. 그곳은 시골 마을이라 관광지는 없다. 근처에 식당도 몇 개 안 되는 것 같다. 게다가 차 없이 가기는 힘들어 보인다. 서핑 말고는 할 게 없어 보인다. 그곳에서 지낼 상상만으로도 너무 행복했다.

나리타 공항에 내려 전철을 갈아타고 이이오카역으로 갔다. 나를 데리러 온 서핑숍 사장 언니를 만났다. 당시 나는 서핑을 배운 지 세 달째, 입수는 5회 남짓 됐을 때였다. 이런 초보가 해외까지 와서 서핑해도 되나 걱정했지만, 해외 트립이라고 해서 실력이 어느 정도 수준에 오른 실력자들만 가는 건 아니었다. 해외에서 서핑에 입문하는 경우도 많다. 일본에도 초보는 있을 테니까, 나는 초보들이 타기 좋은 곳에서만 탈 계획이었다.

바다 마을인 그곳에는 긴 해변을 따라 다양한 수준의 파도가 들어와서 실력에 맞는 포인트에서 서핑할 수 있었다. 아침을 먹고 나면 서핑숍 사장 언니는 숏보드를 타는 오빠와 롱보드를 타는 언니, 그리고 왕초보인 나와 작은 파도를 타고 싶어 하는 오빠를 각각의 포인트에 데려다줬다. 그러고 나서 3시간 뒤에 다시 데리러 왔다.

나는 '놀이터'라고 부르는 구역에서 탔다. 방파제로 둘러싸인 작은 마당처럼 생긴 포인트였는데, 방파제가 파도를 한번 걸러 주어 파도가 안전하게 들어왔다. 아이들이 놀이터에서 놀 듯 아기자기하게 서핑할 수 있어 그런 별명이 붙었다고 한다.

첫날에는 한국의 바다에 비해 유난히 검은 바닷물 색에 한 번 쫄고, 큰 파도에 두 번 쫄고, 낯선 일본이라는 사실에 세 번 쫄아서 보드 위에 엎드려 허우적거리기만 했다. 둘째 날부터는 좀 익숙해져서 신나게 탔다. 일본인 할아버지들이 '간바떼! 간바떼!' 하셔서 같이 웃으면서 탔다.

밥 먹고 서핑하고 자는 것밖에 한 게 없는데 시간은 잘 갔다. 주기적으로 밀려오는 파도는 모두 제각각이어서 각각의 파도들을 보고 그 파도에 나는 어떻게 해야 하는지 허둥대다 보면 시간은 참 빨리 갔다. 어쩌다 한 번 잘 잡아타면 그걸 다시 해 보려고, 내 몸이 기억하게 하려고 계속 시도했다. 그러다 보면 벌써 퇴수할 시간이었다.

내 몸은 정확하게 1시간마다 기진맥진해졌다. 그때는 물 밖에 잠시 나와, 편의점에서 산 푸딩이나 바나나, 삶은 달걀 같은 것을 먹고 잠시 쉬었다. 그러고 나서 다시 물에 들어가 1시간을 놀았다. 그렇게 두 번 정도 휴식하면 약속한 3시간이 되고, 우리를 데리러 온 서핑숍 사장 언니를 만나 숙소로 돌아갔다. 이렇게 오전, 오후 하루 두 번씩 타면 밤이 되고 꿀잠을 잘 수 있었다. 침대에 누워도 파도 위에 있는 것처럼 흔들리는 느낌이 났다.

나흘 동안 이렇게 서핑하고 나니 발가락 근육까지 뻐근한 느낌이 들었다. 패들을 너무 해 아픈 팔을 들 수 없어 머리를 제대로 감을 수도 없었다. 덕지덕지 바른 선크림도 소용없이, 외부에 노출된 얼굴과 손, 발만 까만 이상한 모습이 되었지만 그래도 행복했다. 대단한 걸 이루진 않았지만, 바다 위에서 나 혼자만의 시간에 몰입했다는 점이 좋았다. 타인에게 휘둘리기 쉬운 현대 사회에서 잠시 벗어나, 거대한 바다와 파도 앞에서 힘없고 작은 나의 모습을 인정하면 마음이 편하다. 도시에서는 겪어 보지 못한 시간이다.

나는 시간을 분 단위로 쪼개서 관리하는 것에 익숙했다. 늘 뭔가에 쫓기는 마음이었다. 마감 시간이 다가오는 듯한 느낌. 정신 놓고 있으면 안 될 것 같은 기분. 뇌를 조이는 것 같았다. 부모님은 늘 '시간 관리를 잘 해야 한다.'고 하셨고 1분도 허투루 보내지 않는 것이 성공하는 길이라고 배웠다.

우스갯소리로 '백수가 과로사한다'고들 한다. 백수가 되고 첫 한 달 동안 그 말이 무슨 의미인지 온몸으로 느꼈다. 회사에 다닐 때는 일과 시간을 바쁘게 보내다가도 퇴근하고 나면 한숨 돌릴 수 있었다. 하지만 백수에게는 퇴근이 없다. 공식적으로 '지금부터는 쉬는 시간'이라고 정해진 시간이 없다는 것이다. 게다가 돈을 벌고 있지 않다는 생각에 시간을 허투루 쓰지 않으려고 나를 채찍질했다. 쓸모없는 사람이 되지 않기 위해서 말이다.

쉬려고 회사를 그만두고 나서도 나는 계속 무언가에 쫓겼다. 다른 무언가도 아니고 바로 나 자신에게 쫓겼다. 일은 그만뒀지만 지금 뭔가 생산적인 것을 해야 한다는 압박감과 쉬지 않고 움직여야 한다는 강박은 그대로 가지고 있었으니, 제대로 쉬지 못했다. 잘 쉬는 방법을 한 번도 배운 적이 없다는 생각이 들었다. 일할 때만큼 빽빽한 스케줄러를 보면서 이건 아니라고 느꼈다. 채우는 것만큼 비우는 것도 중요한 행위라는 것을 몰랐다.

서프보드 위에서 바다를 넋 놓고 바라보았던 어느 순간을 기억한다. '지금 이렇게 놀고 있을 때가 아니야'보다 '지금 아무 생각 안 해도 괜찮아'라고 스스로에게 처음 말해줬을 때다. 서핑을 통해 시간을 쓰는 새로운 방법을 스스로 배웠다.

≋

≋

1. 서프보드

제주로 이사를 왔다. 오자마자 보드를 샀다. 집이 4층에 있어 보드를 들고 오르락내리락하는 게 번거롭지만 괜찮다. 이제 파도만 있으면 언제든지 입수할 수 있는데 이 정도쯤이야.

2. 자가용

운전은 아직 서툴지만 당연히 차도 마련했다. 제주에선 차가 없으면 생활하기 불편할뿐더러 파도를 따라 동서남북 어느 쪽에 있는 바다든 갈 수 있어야 하므로 당연히 마련해야 했다. 자동차 자체에는 큰 관심이 없어 옵션도 최소한만 했다. 특별한 기능을 위해 차에 돈을 쓸 마음은 없지만 차 위에 보드를 실을 수 있는 가로바는 차를 사자마자 설치했다. 보드에 딩(ding, 흠집, 파손) 날까 봐 회사 창고에서 보일러 보온재를 구해 가로바를 감쌌다. 할 수 있는 것은 최대한 했지만, 과속 방지 턱을 넘을 때마다 보드가 다칠까 봐 마음이 조마조마하다.

3. 슈트

여름에 서핑할 때 입을 간단한 옷들, 비치 웨어, 스프링 슈트를 샀다. 스프링 슈트는 1mm의 얇은 웨트슈트로 팔 부분만 긴 팔이고 하의는 수영복 형태로 되어있다. 여름이라도 비가 오거나 흐린 날에는 추울 수 있기 때문에 구입했다.

4. 겨울용 서핑 장비들

나는 추위를 아주 많이 타기 때문에 겨울 서핑은 꿈도 꾸지 않았다. 하지만 겨울에도 파도가 있고, 파도를 바라만 보고 있는 것보다는 1시간이라도 타는 것이 훨씬 좋을 것 같았다. 겨울 서핑을 위한 장비들도 많이 있다. 체온을 보호하기 위한 것들이다.

우선 5/4mm 전신 웨트슈트를 샀다. 안에 기모가 없으면 춥다고 해서 기모 있는 걸로 골랐다. 대부분 해외 사이트에서 직접 구매했는데 '기모'가 영어로 뭔지 몰라 조금 헤맸다. 장갑은 얻은 것이 있으니 부츠를 사야지. 마지막까지 고민했던 건 후드. 후드가 웨트슈트에 달린 것도 있고 후드만 따로 나온 제품도 있다. 후드가 달린 것은 후드를 쓰지 않을 때 목에 쓸린다고 하여 후드가 달리지 않은 웨트슈트를 샀기 때문에, 만약 필요하다면 후드만 따로 구매해야 했다. 아무리 추운 겨울이라도 거리를 다닐 때는 얼굴은 내놓고 다니기 마련이다. 얼굴까지 감싸야 할 만큼 추운 날, 과연 내게 서핑할 마음이 들까 의문이 들었다. 정말로, 만에 하나 후드를 써야 할 만큼 추운 날 서핑을 하고 싶은 날이 온다면? 단 한 번을 쓰더라도 사기로 했다. 슈트와 같은 재질로 눈, 코, 입만 내놓고 머리와 귀, 볼을 꽉 조이는 형태라 못생겨질 수밖에 없지만 귀 떨어지고 코 떨어질 추위에 한 시간이라도 바다에서 버틸 수 있다면 못생김 정도는 기꺼이 감수할 수 있다. 후드까지 착용하고 나면 흡사 해녀 할망들처럼 보이기도 한다. 이렇게 온몸을 감싸고 바다에 들어가면, 조금 덜 춥게 서핑을 할 수 있다.

서핑 지름신은 늘 내 곁에 있다. 모든 취미가 그러하듯 실력이 향상될수록 살 것이 더 많아진다. 이제 나는 시작단계. 오늘도 나는 해외 직구 사이트를 뒤적인다. 인터넷 서핑 동호회 카페에 중고 매물 좋은 게 올라왔나 체크한다. 평소에 입을 옷보다 서핑할 때 입을 슈트를 더 사고 싶다.

행복 게이지 80

지구를
여행하는 법

~~~

~~~

　　　　　　　　나의 첫 해외여행은 대학교 1학
년 겨울 방학, 일본 오사카로의 여행이었다. 나는 다른 나라
사람들은 어떻게 사는지 너무 궁금해서, 죽기 전에 꼭 세계
여행을 하겠다고 다짐했었다. 오사카에서도 TV나 여행 책
자에서 보았던 유명 관광지를 가기 보다는 자전거를 빌려 골
목을 돌아다니며 일본 사람들의 일상은 어떨지 상상했던 것
이 더 기억에 남는다.

　서핑은 내게 새로운 여행이 있다는 것을 알려 주었다. 도
쿄의 디즈니 랜드나 뉴욕의 엠파이어 스테이트 빌딩에 가듯,
그곳의 파도를 타기 위해 떠나는 여행도 있다.

바다가 얼마나 다르겠냐 할 수도 있지만, 육지만큼이나 다르다. 그리고 바다마다 파도의 특징이 다르기 때문에, 새로운 파도를 타는 것은 아주 흥미로운 경험이다. 파도의 힘, 깨지는 속도, 방향, 각도, 길이 등에 따라 파도를 탈 때의 재미가 다르다. 물론 처음 가는 해변에서는 어느 곳에 리프가 있는지, 어느 곳이 위험한지 등을 파악하기 위해 현지 로컬 서퍼들의 도움을 받아야 한다. 바다는 정말 많은 것들을 품고 있기 때문에 항상 조심해야 한다.

발리에서 서핑을 하면서 인연을 맺었던 서핑 캠프가 발리의 우기 시즌에 두 달간 니아스라는 섬에서 캠프를 운영한다고 하여 니아스로 떠났다. 니아스와 발리 사이의 거리는 서울과 제주보다도 먼 거리지만, 같은 인도네시아라는 생각에 발리와 비슷한 느낌일 거라고 생각했다. 하지만 착각이었다. 인간의 편익을 위해 바다에도 국경을 그어 놓았지만 본래 바다는 국적이 없다. 같은 인도네시아라고 해서 공통점이 있는 게 아니었다. 그저 그 바다의 파도가 있을 뿐이다. 서핑 캠프의 인스트럭터들은 내게 니아스 파도가 발리보다 더 천천히 깨지고 길게 탈 수 있으니 여기 있을 때 더 많이 연습해 보라고 했다.

"뭘 그렇게 보고 있어? 즐겨. 이곳의 날씨, 풍경, 바다, 파도……."

니아스의 바다에서 나는 파도 오는지만 뚫어져라 쳐다보고 있었다. 그런 내게 인스트럭터가 니아스의 좀 더 많은 걸 즐기라고 말했다. 맞다. 내가 그곳에서 즐길 수 있었던 것은 단지 파도를 타는 행위 자체만이 아니었다. 파도를 포함해 바다 위에서 보는 해변의 풍경, 바다 위에서 느끼는 날씨, 일출, 석양, 바다의 색까지 모두 내게는 즐거움이었다.

자주 갔던 제주 바다에서도 낯선 색깔의 하늘, 하늘과 구름, 한라산이 만들어낸 경이로운 풍경을 볼 때가 있다. 그럴 땐 파도 타는 것을 잠시 멈추고 넋 놓고 그것을 감상하곤 했다.

늘 뭍에서 바다를 바라봤는데, 서핑을 하니 바다에서 뭍을 바라볼 수 있게 되었다. 뭍에서 바다를 바라볼 때 등지고 있었기에 보지 못했던 풍경들, 또 다른 아름다움이 펼쳐진다. 제주도 중문해변에서는 절벽과 폭포, 그 위로 네덜란드풍의 풍차를 볼 수 있다. 해변에 있는 건물들이 아기자기한 월정리, 바다 위에서 내 머리 위로 비행기가 지나가는 것을 구경할 수 있는 이호테우해변. 일본의 치바에서 본 아담한 회색 지붕의 시골집들 위로 깔리는 어둠도 아직 기억난다. 햇살이 육지를 비출 때도 좋지만, 해무가 자욱하게 낀 바다도 매력적이다. 시선을 돌리니, 몰랐던 아름다움이 속속 보인다.

새로운 바다에서 새로운 파도를 타는 여행은 서핑 이전에는 상상하지 못했던 여행이다. 한국에서도 서핑을 할 수 있는데 굳이 해외까지 나가서 서핑을 해야 하는지 고민하기도 했다. 하지만 다른 나라로 여행을 가듯, 이미 가봤던 나라의 문화나 음식, 느낌이 좋아서 재차 여행하듯, '파도 여행'을 떠나는 것이다. 이전에는 사람들이 만든 문명 위에서 여행했다면 이제는 정말 지구 자체를 여행하는 것 같다. 진정한 지구 여행이다.

세 개의
계절

시즌이 끝났다. 여름이 끝났다
는 말이다. 제주에 처음 내려올 때 당시 남자 친구는 힘들면
언제든지 돌아오라고 말했다. 그동안 서울은 늘 내게 지겨운
곳이었지만, 그곳이 '돌아갈 곳'이 되니 더는 예전의 지겨운
서울이 아니었다. 다른 지역에서 서울로 올라와 타지 생활을
하는 친구들이 쉼이 필요할 때 고향에 가는 모습을 보고 내
심 부러웠는데, 이제 서울이 내게 언제든 돌아갈 수 있는 고
향이 되었다.

겉으론 좋아 보이지만 제주에서의 생활도 부딪혀 보면 분
명히 힘든 일이 있을 거라고 생각했다. 여행지가 아닌 거주

지로서 제주는 또 다른 문제다. 그래서 일단 연말까지는 있어 보자는 마음으로 5월 초에 내려왔다. 정신없이 파도를 타다 보니 여름이 끝났다. 여름의 초반에는, 날씨가 추워지면 서핑 대신 매일 요가를 하고 틈틈이 제주 구석구석을 여행하면서 겨울을 보내려고 생각했다. 하지만 날씨가 추워져도 파도가 있으니 자연스럽게 겨울 서핑을 준비하게 되었다. 그리고 어느새 연말이 다가왔다. 겨울 서핑은 안 하겠다고 호언장담하던 내가 더 두꺼운 슈트와 서핑용 후드, 장갑, 부츠까지 샀다. 내년 3월까지 쓸 생각으로.

이제 나는 대한민국의 계절을 세 개로 구분한다. 물속이 물 밖보다 따뜻한 계절과, 물속이 물 밖보다 추운 계절, 그리고 아무래도 좋을 여름. 여름은 정말 좋다. 파도가 많이 들어와서 좋고, 바다에 들어갈 준비를 못 해왔어도 입고 있던 옷 그대로 바다에 뛰어들어 서핑할 수 있으니 편하다. 바다에서 나온 후에는 수돗가에서 물 받아서 소금물만 헹궈 내고 다녀도 된다. 제주에서는 아직 물과 햇볕이 따뜻한 9월까지는 여름처럼 서핑할 수 있어서 좋다. 여기에 오고 나서는 스쳐 지나가는 봄과 가을에 연연해 하지 않게 됐다.

11월에서 12월 중순까지는 바닷물이 바깥 공기보다 따뜻해서 서핑할 만하다. 물 밖에서 고민하는 시간이 길어질수록 입수하려는 마음이 줄어들기 때문에 바다에 도착하자마자 최대한 바로 들어가야 한다. 찬바람 맞으며 슈트를 입는 동안 추위가 온몸을 파고드니 슈트도 집에서부터 입고 나온다. 운전해 바다로 가는 동안 꽉 끼는 슈트에 끼여 숨이 막히고 어깨가 뒤틀리는 것 같지만 어쩔 수 없다. 잠깐의 고통을 참고 서핑의 즐거움을 맛보기 위해서는 기꺼이 참을 수 있다. 제주 겨울 바다는 바람이 세서 추워 보이지만 일단 물에 들어가면 따뜻하다. 의외로 할 만하다. 찬바람 맞으며 밖에서 노는 것보다 물속에 몸 담그고 있는 게 훨씬 낫다.

사람들은 본인이 서 있는 곳을 기준으로 다른 것들도 판단하려고 하곤 한다. 땅 위가 추우니 바닷속도 추울 거라는 생각도 그러하다. 아직은 물이 덜 차가워서 괜찮다는 말에 나를 용사 취급한다. 서핑 후 집에 가기 위해 차 위에 보드를 올리다가 손이 너무 시려 다시 바다로 뛰어가 바닷물에 손을 담그고 녹인 적이 있다. 바다 사진을 찍던 관광객들이 놀라 소리쳤다. "안 추우세요?!" 부러질 것처럼 꽁꽁 언 손을 바닷물에 녹이느라 정신이 없어 대답할 겨를도 없었다. 물에 들어가면 훨씬 따뜻하다는 걸 말해 줬더라도 아마 그들은 단번에 이해할 수 없었을 것이다.

12월 중순이 지나자 물이 차갑다는 느낌이 들기 시작했다. 바닷물은 겨우내 천천히 식어 3월에 가장 차갑다. 물이 차가워지기 시작하고 바람도 세게 불던 어느 날, 깜빡하고 후드를 못 챙겨 와서 슈트에 부츠만 신고 입수를 했다. 몸은 괜찮은데 얼굴과 손을 통해 추위가 나를 공격하기 시작했다. 한 시간도 채 못 타고 뒤도 돌아보지 않고 나와 곧바로 사우나로 향했다.

슈트를 입고 목욕탕에 들어가자 제주 할망들이 나를 해녀 꿈나무로 착각하셨나 보다. "(물질) 배우러 왔어어~?", "이 파도에 바다 갔다완~?", "물속이 보여어~?" 지나가시며 한마디씩 건네셨다. 서핑은 파도가 쳐야 할 수 있지만 물질을 할 땐 파도가 없는 게 더 좋다. 파도가 많이 칠수록 바닷속이 잘 안 보이기 때문이다. 할망들의 말투가 너무나 따뜻해서 몸 둘 바를 몰랐다. "네? 아… 저 서핑했어요……." 사실 내 대답은 크게 상관없다는 듯, 할망들은 내 젖은 슈트를 담을 비닐을 구해다 주셨다.

겨울 슈트의 체온 유지 기능은 생각보다 아주 훌륭하지만 두께가 두꺼운 만큼 확실히 몸이 둔해진다. 움직임이 가볍지 않으니 균형 잡기도, 패들링하기도 더 힘들다. 파도가 뒤에서 슝 밀어줄 때 재빠르게 테이크 오프하지 못해 노즈 다이빙(Nose diving, 보드의 앞부분이 물에 잠기며 균형을 잃고 물에 빠지는 것) 하는 횟수도 더 많아져서, '내가 서핑을 이렇게까지 못했나' 하는 생각도 든다. 몸이 둔하니 엎드려 패들링 할 때도 좌우로 기우뚱거린다. 안 그래도 슈트가 두꺼워 패들링하기 힘든데 기우뚱거리는 통에 에너지마저 분산되어 앞으로 나가기가 더 어렵다. 제대로 된 서핑을 못 하고 있는 것처럼 보이지만, 사실 겨울 서핑을 하면 실력이 는다고들 한다. 겨울 슈트를 입고 패들링, 테이크 오프 하다 보면 몸에 걸치는 게 거의 없는 여름에는 날아다니게 된다고.

여름에 타던 것에 비교하니 이만큼 힘들어 보이는 것일 뿐, 겨울에도 서핑할 수 있어서 행복할 따름이다. 설산과 눈꽃을 보기 위해 겹겹이 껴입고 신발에는 아이젠까지 차며 산에 오르는 것과 비슷하다. 겨울에는 어떤 활동이든 여름보다는 힘든 것이 당연하지 않나. 추위에 체력이 떨어져 의욕만큼은 못하고 있지만, 몸만 따라준다면 머리엔 후드 쓰고 발엔 부츠 신고 바다에 들어가고 싶다.

지구의 모든 곳이 그러하겠지만 겨울은 정적인 계절이다.

겨울은 저장하고 정리하는 계절이다. 겨울이 오면 사람들은 음식을 저장해 두고 한 해의 기억을 정리한다. 제주에서는 섬 전체가 여름 성수기를 보내고 겨울을 준비한다. 내가 일하는 호텔도 비수기를 견딜 태세를 갖췄다. 광열비 절감을 위해 일부 객실은 온수 수영장 가동을 중단하고, 여름을 맞아 꺼내 놓았던 해먹과 파라솔을 창고에 다시 넣었다. 해변가의 서핑숍들은 시즌을 마감하며 영업을 종료했다. 북적북적하던 섬이 조금은 한산해졌다. 파도가 없어도 일단 바다에 나가 앉아 있던 여름과는 달리 겨울에는 파도가 없으면 나가지 않는다. 잠도 더 많아졌다. 겨울이면 동면하는 동물의 삶과 사람의 삶이 비슷해진다. 자연 속에 사니 사람도 영락없이 자연의 일부라는 사실이 와 닿는다.

서울에선 느끼지 못했던 변화다. 도시에선 여름이나 겨울이나 움직임의 반경이 크게 다르지 않았다. 여름에는 빌딩숲의 찌는 더위를 못 견뎌 에어컨을 찾아 실내로 들어갔고, 겨울에는 온기를 찾아 실내로 들어갔다. 이런 차이를 느낄 수 있는 건 바다에서 보냈던 제주에서의 여름 덕분이다. 내년 봄이 되어 꽃이 피고 따뜻한 바람이 불기 시작하면 그 어느 해보다 반가울 것 같다.

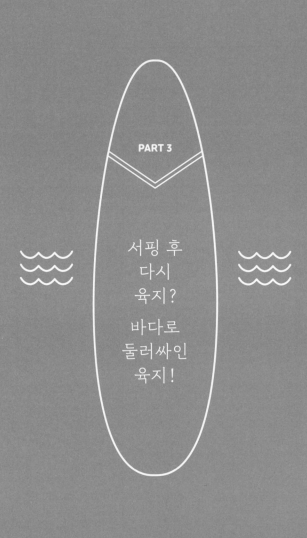

PART 3

서핑 후
다시
육지?

바다로
둘러싸인
육지!

파도 짝사랑에는
출구가 없다

≋

≋

"그건 좀 너무한 거 아니에요?"

중문의 한 게스트하우스에서 처음 만난 다른 게스트들과 함께 저녁을 먹던 중이었다. 서핑을 배운 지 일 년밖에 안 된 상태에서 서울 생활을 모두 정리하고 제주로 내려왔다는 내 얘기를 듣고, 한 달에 한 번씩 올레길을 걸으러 온다는 분이 물었다. 그때는 멋쩍게 웃으며 겸사겸사 오게 됐다고 둘러댔지만, 생각해 보니 그랬다. 배운 지는 1년이지만 제대로 탄 것은 제주에 내려오고 나서부터니, 사실상 서핑을 제대로 해 봤다고 말하기엔 부족한 시간일 수 있다. 모든 생활을 바꿀 만큼 서핑에 대해 확신을 하기엔 누가 봐도 짧은 시간으로 보인다. 그만큼 서핑이 매력적인지 다시 생각해 보니, 서핑이라는 행위가 매력적이기도 하지만, 서핑을 하면서 바뀌는 삶의 방식이 좋았다. 바다에서 많은 시간을 보내는 것, 계속해서 내 몸을 단련하는 것…….

고향은 부모님의 선택에 의해 결정되지만, 앞으로 내가 살아갈 공간은 오로지 나의 선택으로 결정하고 싶었다. 사실 서핑을 하기 전까지, 나는 다른 곳으로 거주지를 옮긴다는 것을 생각해 본 적이 없었다. 살던 곳을 옮기게 되는 가장 쉬운 이유인 다른 지역으로의 진학이나 취직도 없었고, 오직 서울에서만 살았기 때문이다. 서핑하고 나서 처음으로 내가 행복하게 지낼 수 있는 곳은 어디일지 찾아보게 되었다.

많은 사람은 가족들 때문에, 아이에게 좋은 학교가 있는 곳이어서, 돈을 벌기 위해서 살 곳을 선택한다. 어느덧 친구들은 절반 정도 결혼했고 그중의 절반은 하나둘 아기를 낳기 시작했다. 앞으로 3~4년 동안 남은 친구들이 결혼할 것이고 아이를 갖겠지. 남들처럼 결혼하고 아이를 갖는 것이 내가 원하는 것인가?

셰프가 직접 눈앞에서 초밥을 만들어 주는 오마카세에 갔다. 셰프는 서른이 될 때까지 1억을 모으는 게 꿈이었다고 했다. 그리고 그 꿈을 이뤘고. 그래서 내가 물었다.

"너무 일찍 목표를 달성해서 시시하지 않으세요? 새로운 꿈은 없으세요?"

셰프의 새로운 꿈은 40세까지 10억을 모으는 것이었고, 그 꿈 역시 이뤘다고 했다. 나는 다음 꿈은 묻지 않았다.

나는 돈을 많이 벌어 본 적도 없지만 돈을 지금보다 더 벌고 싶다는 생각도 들지 않는다. 돈이 많지 않아 조금 불편한 점은 있지만 불편함을 감수하더라도 포기하고 싶지 않은 것들이 있기 때문이다. 제주로 내려오면서 월급은 좀 적어도 서핑할 시간을 좀 더 많이 확보할 수 있는 직장을 택했다. 늦은 밤까지 일해도 상관없었다. 어차피 해가 지고 나면 밤에는 서핑을 못 하니까.

친구들은 결혼을 하고 가족을 위해 돈 버는 것에 매진하는 시기에 나는 파도를 짝사랑하게 되었다. 나는 끈기가 없어 짝사랑에는 소질이 없었다. 상대방이 나한테 관심이 없는 것 같으면 바로 포기했다. 하지만 파도를 짝사랑하는 것은 포기하고 싶지 않았다. 이 짝사랑에는 출구가 없는 기분이 들었음에도.

서핑은 내 일상을 바꿔 놓았다. 서핑은 다른 스포츠와는

달리 내가 하고 싶다고 할 수 있는 게 아니다. 서핑할 수 있
는 크기의 파도가 들어와 주어야 할 수 있다. 파도가 너무 없
거나, 너무 크면 하고 싶어도 할 수 없다. 예보가 있긴 하지
만 변화가 심해 파도가 언제 어떻게 들어올지 정확하게 알
수가 없다. 간혹 차트와는 다르게 깜짝 파도가 들어오기도
하고, 기대했지만 뻥차트인 날도 있다. 파도가 들어오는 날
갑자기 생리가 시작되면 너무 아쉽다. 파도의 밀당에 일방적
으로 끌려 다닐 수밖에 없는 위치다. 그래서 바다가 파도 보
내줄 때 언제든 달려갈 수 있는 준비가 되어 있어야 한다. 서
핑이 내 삶의 중심이 되었다. 짝사랑을 하면 그 사람만 눈에
들어오는 것처럼, 영화나 TV를 보다가도 바다가 나오면 파
도만 보였다. 그래서 바다 마을에 살아야겠다고 결심했다.

　나는 바다를 좋아했지만, 서핑할 때만큼 바다에서 오랜 시
간을 보내 본 적은 없다. 여름 휴가 때 바다에서 온종일 놀아
보려고 튜브, 돗자리, 맥주를 준비해서 나가도 금방 추워져
서 집으로 돌아오곤 했다. 바다를 하염없이 바라보고 있는
것도 조금 하다 보면 지겨워졌다. 지금은 파도만 있다면 네
시간도 물에 들어가 있을 수 있고, 바다를 보면서 혼자 두 시
간도 앉아 있을 수 있다.

서핑하는 사람들 사이에 우스갯소리로 하는 말이 있다. '파도 한 개만 더 타고 간다.'는 말은 믿으면 안 된다는 것. '한 번만 더, 한 번만 더' 하면서 한 시간을 더 타게 되는 경우가 다반사다. 나도 그렇게 한 시간은 훌쩍 넘긴다. 튜브를 타고 그저 둥둥 떠 있을 때와는 달리 서핑을 할 때는 밀려오는 파도에 따라 몸을 계속 움직여야 한다. 어떤 파도는 패들 아웃해서 넘어가야 하고, 어떤 파도는 잡아서 타고, 파도를 잡기 위해 위치를 바꿔 보기도 한다. 이전에는 미처 보지 못했던, 바다를 둘러싼 육지의 풍경과 수평선까지 펼쳐진 바다의 풍경을 즐기는 법도 알게 되었다. 단지 제주도의 아름다움을 보는 것을 넘어 온몸으로 즐기면서 살고 있음을 느낀다.

어마어마한 짝사랑이다 보니 '서핑 잘하고 싶다.'는 것에 나의 모든 관심이 쏠린다. 나를 지속적으로 훈련하고 발전시키고 싶은 분야, 방향이 있다는 것은 삶에 큰 활력을 준다. 요즘에는 직장인을 대상으로 한 원데이 클래스가 많다. 취미 권하는 사회다. 하지만 1회성 체험은 끝나고 나면 다시 공허해지기 마련이다. 가끔 나는 어느 정도의 단계인지를 묻는 질문을 받곤 하는데, 서핑은 100단계까지 있다고 말해도 과언이 아니다. 그중에 아직 나는 2단계 정도랄까. 아직 갈 길이 멀고 할 것도 많다. 오래도록 활력을 잃지 않을 수 있을 것 같다.

나는 즐겁게 살고 싶었고, 서핑을 배우고 나서부터는 서핑을 하면 즐거우니 매일 서핑을 하며 살고 싶었다. 그런데 내 하루에 서핑과 일이 공존할 수 있을까? 가능할까? 서울에서는 불가능한 일이었다. 서핑하러 양양에 가면 출근을 못 하고, 출근을 하면 그날 서핑하러 가는 건 무리다. 세상의 모든 휴가를 다 갖다 써도 한 달에 열흘 이상 쉬기 힘들기 때문에 서핑과 일의 균형을 5:5로 맞추기도 당연히 어렵다.

스페인에서 촬영한 tvN 예능프로그램 〈윤식당 2〉에서 식당에 방문한 손님들의 대화가 기억난다. '한국이 일을 가장 많이 하는 나라다. … 대기업을 위해서 그렇게 일을 하다니. 물론 그 사람들은 우리와 관점이 다르겠지만 대기업에 들어가서 하루에 12시간 이상씩 일한다. 그것도 평생. 내가 느끼기에는 다들 대기업에 들어가고 싶어 하더라. 그래서 나는 의아했다. 왜냐하면 난 조금 일하고 내가 하고 싶은 것들을 할 수 있는 시간이 많길 원하기 때문이다. 하루에 내가 가진 시간 중에 10~15시간을 대기업을 위해서 일하는 건 싫다.' 우리가 꿈꾸던 삶이 그런 삶이었을까? 대기업에 입사하고 싶다는 꿈이 삶의 낙을 가질 틈도 없이 살아야 한다는 것과 같은 말인 줄, 그땐 알았을까?

그래서 나는 파도를 따라 제주로 이사했다. 내 삶의 낙에 내 시간을 최대한 많이 쓰기 위해서. 제주에 오고 나서 정해진 시간만큼만 일하고, 나머지 시간에는 바다에 가는 생활이 시작됐다. 우리 모두 삶의 낙을 찾고, 그것을 하는 데 시간을 많이 써도 괜찮은 삶이기를.

행복 게이지 90

세일 상품보다
다양한 구름 모양

〰
〰

　　　　　　　　　　지은이는 제주에서 잠깐만 지
내다가 다시 서울로 갈 생각이었다고 했다. 한 달 뒤 제주를
떠나려던 지은이를 붙잡은 건, 사람이 아닌 집 마당의 텃밭
이었다. 텃밭에는 무심코 심어 놓은 상추가 다 자라 있었다.
문득, 다 자란 그 상추를 먹어야겠다는 생각을 했다고 한다.
상추를 먹느라 떠나는 날이 며칠 미뤄졌다. 그 사이 방울토
마토가 다 익었다. '나를 따 먹어요.'라고 말하는 방울토마토
를 두고 갈 수 없어 방울토마토를 먹느라 상경은 또 며칠 뒤
로 밀렸다. 그렇게 지은이는 벌써 4년째 제주에 살고 있다.

　　처음 제주에 이사 오고 나서, 나는 스마트폰으로 지도 앱

을 켜 '올리브영'을 검색했다. 반경 3km 안에 올리브영과 스타벅스가 있다는 사실에 안도했다. 나는 올리브영 없이는 못 사는 현대 문물의 노예였기 때문이다. 출근길에 오늘의 세일 상품을 체크할 정도였다. 하지만 지금은 일찍 출근하는 날이면, 오늘은 집 앞 오름 너머 보이는 일출이 어떤 모양일지 기대하며 현관문을 연다.

바다가 좋아서 바닷가에 살면 좋겠다는 마음은 있었지만, 불편할 거라는 생각도 있었다. 실제로 아무리 아름다운 자연이라도 매일 보면 감흥이 덜할 것이 뻔하고, 부족한 생활 편의 시설 때문에 느끼는 답답함과 불편함은 해소가 안 될 것 같았다. 실제로 살아 보니 불편함이 없는 건 아니다. 인터넷 최저가로 4,500원짜리 물건을 샀는데, 도서 지역이라는 이유로 택배비가 6,500원이라 사실상 최저가가 아니다. 갑자기 포장마차의 떡볶이가 먹고 싶어도 동네에 떡볶이를 파는 포장마차가 없어 못 먹는다. 우리 집은 중산간이라 배달되는 음식이 거의 없어 근처에 배달 음식점이 생기면 사막에서 오아시스 발견한 것처럼 반갑다. 동생 결혼식에 가야 하는데 쇼핑몰이 없어 옷을 어디서 사야 할지 난감했던 경험도 있다.

하지만 불편함은 생각보다 빨리 사라졌다. 내 생활의 중심이 바뀌었기 때문이다. 새로 개봉한 영화를 보러 가는 것, 당장 필요한 화장품을 사러 가는 것, 출출한 배를 채워 줄 군것질거리를 바로 먹으러 가는 것이 예전보다 덜 중요해졌다. 대신 날씨가 좋으면 바다를 보러 가는 것, 파도가 있으면 서핑을 하러 가는 것이 더 중요해졌다. 게다가 아름다운 자연은 매일 그 모습이 바뀌기 때문에 감흥이 덜해질 틈이 없다.

다이소에 한번 가려면 운전해서 10분 이상 가야 하지만, 그 길에 만나는 중산간의 억새밭은 포근하고, 진초록의 귤나무에 주황색 땡땡이 무늬 같은 귤이 달린 귤밭은 다정하다. 겨울바람에 사람의 피부는 건조해지는데, 동백나무는 점점 윤기를 더해 가더니 금세 빨갛게 꽃을 피운다. 불타는 빨강을 보내줄 테니 추위를 잘 견뎌내라고 위로하는 것 같다. 바닷가의 귀여운 야자수를 지나 하늘색 바다와 검회색 돌, 초록색 밭, 주황색 지붕이 한눈에 들어오면 이것이 바로 제주의 색깔이라는 생각이 든다.

서울에선 하늘을 보겠다고 마음을 먹어야 간신히 하늘을 볼 수 있었다. 멋진 하늘을 보기가 힘드니 볼 때마다 사진을 찍어서 모을까도 생각했다. 제주에선 매일 아침 집을 나설 때 하늘을 보고, 운전을 하다가, 일하다 잠시 나와서, 서핑을 하며 하늘을 본다. 매일 달라지는 하늘의 색과 구름 모양을 넘치게 감상한다. 일자로 늘어선 구름, 솜사탕 같은 구름, 동글동글 맺혀 있는 구름, 회를 썬 것 같은 구름, 양떼 구름⋯⋯. 가끔 하늘과 수평선, 그 사이의 구름들이 너무 비현실적으로 아름다워서 영화 〈트루먼 쇼〉(The Truman Show, 1998)처럼 여기도 촬영을 위해 만든 세트가 아닌가 싶을 때도 있다. 자연 속에 살아서 힘든 기억보다 자연이 주는 즐거운 기억이 더 많아지고 있다.

만약 내가 단지 서울을 탈출하고 싶어서 제주로 왔다면 제주 또한 언젠가는 서울과 같아지고 말 것이다. 직장 생활로 인한 스트레스는 이 나라 어딜 가든 피할 수 없다. 나는 서평이라는 뚜렷한 목적이 있었기 때문에 낯선 제주에 적응하고 여러 가지 변수와 어려움을 뚫고 나갈 수 있었다. 만약 뚜렷한 목적이 없었다면 작은 고난에도 쉽게 후회하거나 흔들렸을지 모른다.

바다가 보이는 카페에 앉아 글을 쓰고 있다. 해변에 있는 카페이니 대부분 손님은 관광객이다. 그중 가족 단위의 관광객들이 옆 테이블에 앉았다. 강한 경상도 말투의 대화가 갑자기 귀에 꽂혔다.

"사는 거랑 다를 거야, 놀러 오는 거랑. 사는 건 대구에 살고, 가끔 놀러 와야 좋지."

순간, 속으로 생각했다.

'맞아요. 다르긴 달라요. 근데, 직접 살아 보니 훨씬 좋은데요. 놀러 오는 것보다.'

행복 게이지 80

이 바다와 저 바다는
다르다

~~~
~~~

~~~
~~~

　　　　　　　　　　　오랜만에 서울에 갔다. 숨이 콱
막히는 도심 속 덥고 습한 거리를 걷는데, 우와, 이런 느낌
너무 오랜만이다. 낯설다. 제주에선 일할 때는 실내에 있고
일하지 않을 땐 바닷물 속에 있으니 빌딩 숲 사이의 답답한
공기를 느낄 일이 거의 없다.

　제주에서 보는 해는 확실히 서울에서의 그것보다 크다. 손
으로 그늘막을 만들어 해를 가만히 보고 있으면, 내가 지금
서울보다 적도에 더 가까운 곳에 있음을 느낄 수 있다. 바다
에선 그늘이라고는 구름이 만들어 주는 것이 유일하다. 구름
한 점 없는 날 바다에 들어가면, 내리쬐는 햇빛과 물에 반사

되는 햇빛 때문에 눈도 부시고 온몸이 익는 느낌이다. 뜨겁다. 하지만 답답한 더위는 아니다.

숨 막히는 도심의 거리에서 도망쳐 지하철을 탔다. 그곳에는 피부를 얼릴 것 같은 에어컨 바람이 나를 기다리고 있었다. 갑작스러운 온도 변화에 몸이 반응하는 게 느껴진다. 햇볕이 달궈 놓은 뜨거운 모래사장을 밟고 찬 바닷물로 뛰어들어가자마자 몸이 부르르 떨릴 때와는 다른 느낌이다.

좁은 공간에 그렇게 많은 사람과 함께 있는 것도 오랜만이었다. 초등학교에 입학하기 전부터 지하철을 타온 내게 지하철은 너무 익숙한 삶의 풍경이었다. 지하철을 타고 학교에 갔고, 출근했고, 친구를 만나러 갔다. 여행으로, 출장으로 갔던 도쿄, 오사카, 코펜하겐, 런던, 바르셀로나, 뉴욕에서도 항상 지하철을 탔다. 지하철은 어디서나 내 일상 속에 있었다. 사실 제주로 이사한 직후에는 이제 더는 내가 사는 곳에 지하철이 없다는 것이 조금 섭섭한 기분이 들기도 했다. 난 친구들이 지하철은 답답해서 버스를 타고 가자고 할 때도 이해가 되지 않을 만큼 지하철 환경에 익숙한 사람이었다. 그런데 내가 지하철 안에서 어색함을 느끼다니.

지하철에서 내려 빽빽한 건물 속을 걸었다. 사실 제주에는 높은 건물이 별로 없어서 이사 온 초기에는 이 길과 저 길이 많이 헷갈리곤 했다. 건물과 간판으로 지리를 익히는 것에 익숙했던 나였다.

이제는 이 빌딩과 저 빌딩 대신 이 바다와 저 바다를 구분한다. 도심 속 빌딩마다 각각의 디테일에 훤했던 나였는데, 어느 순간 모든 빌딩이 비슷비슷해 보인다. 네모로 각진 모습, 창문, 계단과 출입문 등 그저 무생물일 뿐이다. 반대로 바다는 원래 하나의 이미지였는데, 이제는 다양하다.

바닷물의 색만 봐도 모두 다르다. 가장 밝은 에메랄드빛의 함덕. 함덕에는 예쁜 구름다리와 야자수들이 있고 서우봉이 병풍처럼 바다를 품고 있다. 함덕 바다는 해 질 녘이나 비 오는 흐린 날 보아도 하늘색을 담은 에메랄드빛이다. 회색 하늘 아래 푸르게 빛나는 바다를 보면 왠지 위로가 된다. 함덕 바다 색깔에 초록 물감을 조금 더 탄 듯한 에메랄드빛의 월정. 월정은 간조 때 물이 빠지면 해변 가운데 지점에 초록색 이끼가 낀 검은 암초가 드러난다. 이끼의 선명한 초록색과 검은 돌, 바다의 에메랄드빛, 하얀 모래, 하늘의 조화가 예쁘다. 제주 바다에서만 볼 수 있는 색 조합이다. 에메랄드보다는 초록빛이 도는 푸른빛에 가까운 중문. 하얀 말과 빨간 말

등대가 나란히 있으면 이호테우.

빌딩 숲의 야경을 감상하는 대신, 밤이면 바다를 수놓는 어선들의 불빛을 본다. 바다에 별이 떠 있는 것 같기도 하고, 바다 건너 육지 가로등 불빛 같기도 한 어선들의 불빛. 사람이 있는 곳엔 항상 불빛이 있다. 나는 그래서 도시의 야경을 좋아했다. 낮에는 그저 무생물일 뿐이었던 저 건물이, 밤이 되면 '여기 사람이 있어요.'라고 말하는 것 같았기 때문이다. 낮에는 존재가 드러나지 않지만 밤이 되어 불이 켜지면 빌딩 안에서 존재가 드러나는 사무실 한 칸 한 칸의 묵묵한 노동. 사실 이 세상을 유지하게 하는 평범한 사람들의 노동이 빛을 발하는 느낌이라 좋았다. 서울의 화려한 빌딩과 지하철보다 그곳의 사람들 때문에 고향이 그립다.

어둠 속 검은 바다에서 어선들의 불빛이 보이면 같은 느낌이 든다. 분주한 배 위의 시간을 상상한다. 이 밤, 바다 한가운데에 삶을 살아가려는 사람이 있다는 증거다. 어부들이, 내가 여기 바다 위에 있다고 말하고 있는 것 같다. 그들의 에너지가 해변에 서 있는 나에게까지 전해지는 느낌이다.

고향 사람들이 그리울 때도 많지만, 매일매일 달라지는 바다 상태를 보면 마음이 따뜻해진다. 생명이 없는 빌딩과는 달리 바다는 항상 살아있다. 때로는 맑고 아름답지만 때로는 성나고 거칠다. 삶이란 이런 것이라고 보여 주는 것 같다. 매일 다른 모습이지만 절대로 떠나지 않고 늘 그 자리에 있다. 바다와 함께 살고 있다는 것이 믿을 수 없을 만큼 좋아졌다.

행복 게이지 80

아프다는
말이 없는 바다

≋

≋

       날이 추워지면 제주에 까마귀들이 많아지곤 한다. 겨울 철새인 까마귀가 따뜻한 남쪽 제주에서 겨울을 보내려고 내려온 걸까. 수백 마리의 까마귀들은 내가 일하고 있는 호텔 맞은편의 수확이 끝난 콩밭에 앉아 무언가를 열심히 먹곤 했다. 그 모습을 보다 문득, 까마귀 한 마리는 유리문을 뚫을 수 없지만 수백 마리가 동시에 돌진하면 이 문 하나 깨는 건 어렵지 않을 것 같다는 생각이 들었다. 까마귀 한 마리는 그저 사람을 피해 다니는 연약한 존재지만, 한 마리 한 마리가 함께 움직이면 다른 힘을 발휘할 것이다.

내가 어렸을 적 우리 엄마는 환경 보호에 앞장서는 모범생이었다.

"샴푸의 거품은 분해가 되지 않아 바다를 오염시킨대."

초등학교 때까지 나는 머리를 비누로 감고 식초로 헹궜다. 내게 환경 보호 습관을 들이려는 엄마의 뜻이었겠지만, 고등학생이 되고 성적보다 외모에 관심이 커진 나는 친구들과 펜틴이니 미쟝센이니 하는 샴푸의 정보를 주고받으며 비누와 식초를 졸업했다.

교과서에서 나날이 오염되고 있는 강과 바다의 사진을 봐도, 내 피부에 와 닿는 일이 아니었기 때문에 나는 엄마의 방식이 유난스럽다고 생각하기도 했다. 후손에게 아름다운 강산을 물려주자는 공익 광고를 봐도, 어차피 내가 죽기 전까지만 괜찮으면 됐지, 얼굴도 모르는 후손까지 내가 신경 쓰는 건 귀찮은 일로 느껴졌다. 그저 형식적으로 보여 주는 틀에 박힌 좋은 말이라고 여겼다.

제주로 내려오고 나서, 나는 변했다. 커피를 마실 때 일회용 컵을 쓰지 않기 위해 텀블러를 샀다. 도시에서 살 때는 일회용 컵을 쓰는 것에 대해 아무런 양심의 가책을 느끼지 못했던 나였다. 서핑을 하다 보면 자연스럽게 환경 운동가가 된다고 한다. 서핑을 오래 하기 위해선 내 몸만큼이나 바다의 건강도 중요하기 때문이다. 환경 운동과는 거리가 먼 나였는데 어느새 나도 그렇게 되었다. 이렇게 아름다운 바다 곁에 오래오래 살면서 서핑하고 싶은 마음이 많이 든다.

밝고 장난스러운 성격의 인명 오빠가 심각하게 말을 꺼냈다. 10년 후에도 여기서 이렇게 서핑할 수 있을까 불안한 마음이 든다는 얘기였다. 내가 여기 머물기 위해 일을 하고, 서핑을 할 수 있는 건강한 몸을 유지하는 것과 별개로 바다가 이렇게 점점 훼손되면 10년 후에는 서핑할 수 있는 바다 상태일지 장담할 수 없다는 생각이 들었다고 한다. 바다의 건강을 지키는 일은 정말 내 능력 밖의 일인가?

바다를 지키자는 SNS 계정들을 팔로우하면, 플라스틱으로 뒤덮인 바다 사진이나 쓰레기를 먹고 죽은 물고기들을 볼 수 있는데 내 눈앞의 바다는 너무 아름답기만 해서 그런 사진들이 비현실적으로 느껴지기도 한다. 하지만 제주가 고향인 친구들에게 듣기로는, 실제로 그 친구들이 어렸을 때 비해 바닷속 바다 생물들의 종류와 양이 현저히 줄었다고 한다.

중문에서 새벽 서핑을 하던 어느 날이었다. 내 눈앞에 한 무리의 검은 생명체가 바다로 헤엄쳐 나가는 것이 아닌가.

주변에 있던 친구에게 물어 보니, 해녀 할망들이라고 했다. 새벽 물질을 나가는 모습이었다. 인터넷 서핑 동호회 카페에 어떤 분은 이런 후기를 남겼다. '해녀 할망들에게서 바다를 빌려 서핑을 하고 있다는 느낌이 들더군요.' 해녀 할망들에게 바다는 삶의 터전이다. 바다가 죽는다는 건 곧 할망들의 삶도 위태로워지는 것을 의미한다. 가끔 해녀 할망들이 바다에 있는 쓰레기를 치우는 모습을 보게 되는데, 왠지 경건해진다. '어지르는 사람 따로, 치우는 사람 따로'라는 말이 무겁게 느껴지는 모습이다.

서핑하는 사람들은 해변의 쓰레기를 줍는 비치 클린(Beach clean)이라는 행사를 열기도 한다. 서핑하고 나오면서 눈에 보이는 쓰레기는 몇 개라도 꼭 주워 오는 개인적인 실천을 하는 분들도 많다. 나도 바다에서 늘 행복을 얻으니 보답하고 바다를 지켜야겠다는 마음이 든다.

오늘은 서울에서 미세먼지 소식이 들려왔다. 하늘과 바다에는 담장이 없다. 나를 비롯한 누군가의 무책임한 행동은 결국 흘러 흘러 어딘가의 하늘과 바다를 망가트린다. 나의 실천 하나는 아주 작아 보이지만, 결국 한 명 한 명의 실천이 없다면 이 지구 전체를 깨끗하게 지키는 것은 불가능하다.

한 마리의 까마귀는 약하지만 수백 마리의 까마귀가 모이면 못 뚫고 지나갈 것이 없는 것처럼 말이다.

사람은 몸이 망가지면 아픔을 느끼고 표현한다. 말을 하지 못하는 아기조차 울음을 통해 몸에 문제가 있음을 알린다. 하지만 바다는 조용하다. 조용하다고 해서 괜찮은 게 아니라는 걸 더 많은 사람이 알았으면 좋겠다. 오늘도 바다는 아프다는 말이 없다.

행복 게이지 40

완성이란
없을 수도

≋

≋

어떤 이는 서핑을 두고 '바다 위에서 하는 요가'라고 했다. 실제로 서핑을 하는 사람 중에 요가를 하는 사람들을 많이 봤다. 서울에서 살 때 평일에는 서핑을 할 수 없으니 서핑에 도움 되는 어떤 운동이라도 하고 싶었는데, 요가를 택한 것은 그 말의 영향이 컸다. 간혹 독실한 신자들은 여행을 가서도 그 동네의 교회나 성당을 찾아 예배를 드리는 경우를 본 적이 있는데, 그런 것처럼 나도 육지에서도 항상 서핑을 잊지 않기 위한 노력을 하게 된다.

시작은 서핑 때문이었지만 하다 보니 요가의 매력에도 빠졌다. 제주에 와서도 파도가 없는 날에는 자연스럽게 요가원으로 향했다. 요가 선생님은 항상 '요가는 운동이 아니라 수련'이라고 말씀하셨다. 서핑도 단순한 운동이라기보다는 하나의 문화이자 라이프 스타일이라는 점에서 둘은 비슷하다.

서울에서 다녔던 요가원은 다이어트나 몸매 만들기 위주로 수업이 진행돼 아쉬웠는데, 제주로 내려오니 정통 하타 요가를 하는 요가원들이 많아 좋다. 몸매를 드러내는 타이트하고 신축성 있는 옷이 요가복으로 불리기 시작한 게 언제부터인지 모르겠지만, 서울의 요가원에서는 모두가 몸에 밀착되는 요가복을 입고 요가를 했다. 하지만 제주에서는 그것과는 다른, 다양한 복장으로 요가를 한다. 대부분 운동복이나 헐렁한 편한 옷들이다. 나는 내 다리의 움직임을 정확하게 보고 싶을 땐 레깅스를 입지만 거의 운동복을 입는다.

"겉에 있는 근육 말고 골반 속에 있는 근육을 늘리세요."

골반을 움직이는 것도 어떤 느낌인지 아직 잘 모르겠는데 골반 속에 있는 근육을 늘리라니. 깊숙한 곳부터 근본적으로 몸을 뜯어고치는 느낌이다.

서핑은 물 위에서 균형을 잡고 몸을 움직여야 하는 것이라서 몸의 아주 작은 차이에도 성공과 실패가 갈린다. 그래서 많은 사람이 살을 빼고, 자세를 교정하고, 근육을 기르려고 한다. 코어 힘이 좋은 사람들은 보드 위에서 잠시 균형을 잃더라도 곧바로 자세를 잡고 라이딩을 이어가기도 한다. 그런 면에서 큰 근육을 많이 만드는 것보다 작은 근육들을 균형 있게 발달시킬 수 있는 요가가 서핑에 도움이 되는 것 같다.

요가는 신체적인 움직임뿐만 아니라 명상과 수련의 의미에서도 서핑과 비슷하다. 아마 서핑은 바다 위에서 하는 요가라는 말에도 이런 의미가 들어있으리라. 나는 가만히 앉아서 명상을 하라고 하면 생각이 꼬리에 꼬리를 물고 이어져 깊은 생각 속에 빠져들어 더 마음이 복잡해지곤 했다. 아무리 비워내라고 해도 머리만 써서는 비워지지 않는 것이었다. 몸이 가만히 있으니 머리에 온 에너지가 집중되어 뇌가 더 활발하게 활동하는 느낌이었다. 명상을 통한 휴식, 힐링이 어떤 느낌인지 알기 어려웠다. 하지만 요가를 하면서 몸을 적극적으로 쓰니 저절로 생각이 비워지고 복잡했던 마음이 가라앉는 것을 경험할 수 있었다.

마음이 복잡하고 괴로울 때 서핑을 하다 보면 정리가 된다. 멀리서 밀려오는 파도에 집중하다 보면 먼지 같은 고민들은 모두 날아가 버리기 때문이다. 서핑을 하고 바다에서 나올 때 내 머릿속에는 정말 중요한 문제만 남는다. 과하게 긴장한 머리에서 힘을 빼는 느낌이랄까. 만약 바다에 가지 않았다면 꼬리에 꼬리를 물고 이어지는 걱정 속에서 괴로워했을 것이다.

"자신의 몸을 믿으세요.(Believe your body.)"

발리 우붓을 여행할 때 방문했던 요가원에서 선생님이 말했다. 그렇다. 내가 내 몸을 믿어주는 것이 얼마나 중요한지, 나는 잊고 있었다. 살아오면서 나는 나의 몸을 믿지 못하는 쪽이었다. 나는 어려서부터 몸이 약했고 체격도 작아서, 뛰어난 신체 능력을 갖추지 못한다고 늘 생각해 왔다. 몸싸움을 할 일이 생겨도 무조건 나는 질 거라고 생각해서 피했고, 강행군 일정 앞에서는 내 몸이 못 버텨낼 거라고 선을 긋곤 했다. 하지만 내 생각과 달리 내 몸은 많은 것을 해냈다. 내몸을 믿어 줄 사람은 이 세상에 나뿐인데 그런 내가 내 몸을 믿지 않으니, 그로 인해 부정적 영향을 받은 것 또한 나였을 것이다. 나는 건강한 사람이고 나의 육체는 많은 것을 해낼 수 있다는 생각, 그리고 그러한 나의 육체를 사랑하고 돌보는 정성 속에서 나는 행복할 수 있다.

제주에 내려온 후 다닐 만한 요가원을 찾기 위해 한 요가원에 방문한 적이 있었다. 보이차를 마시며 선생님 소개를 듣게 되었는데, 선생님의 선생님에 대한 이야기 중에 '하타 요가를 완성하신 분'이라는 표현에 문득 의문이 생겼다. 요가의 완성이란 과연 무얼까. 선생님 말씀 도중 끼어들어 묻고 넘어갈 걸. 결국 그 요가원에 다니지 않게 되어 아직도 의문은 풀지 못했다. 하지만 요가가 수련이라면 끝은 없는 것이 아닐까? 우열을 가리기도, 점수로 매기기도 어려운 그런 것.

요가를 하다 보면 내 몸과 마음의 컨디션이 어떤지 세심하게 느끼게 된다. 지난주에는 잘 되던 동작도 컨디션이 안 좋은 날은 더 힘들게 느껴진다. 나의 상태에 따라 움직임의 차이가 미세하게 나타난다. 차이가 나타난다. 나는 아치 자세는 자신 있다고 생각했었는데, 어느 날은 평소에 하던 시간만큼을 못 버티고 지쳐서 철퍼덕 누워 버렸다. 그날은 좀 피곤해서 그런가 싶었다. 하지만 그다음 날도 마찬가지로 오래 버티지 못하고 중단하고 말았다. 알고 보니 내 몸무게가 4kg이나 늘어 있었다. 몸이 무거워진 만큼 코어 힘과 등 근육도 더 많이 써야 하는데 그러지 못하고 팔 힘으로만 몸을 들어 올렸으니 팔이 4kg만큼을 더 힘들어 했던 것이다. 오늘은 성공했어도, 내일은 못 할 수 있고, 내 몸 상태에 맞는 수련을 계속해 나가는 게 요가가 아닐까? 우리 요가 선생님도 본인의 수련을 계속하고 계신 것을 보면 말이다.

나는 늘 내 서핑 수준을 묻는 질문을 받으면, 이렇게 설명한다.

"서핑은 100단계까지 있어요. 저는 아직 2단계 정도?"

하루하루가 다른 파도를 타기 위해서는 긴 훈련이 필요하다. 아직 2단계밖에 안 됐지만, 빨리 레벨업하고 싶다는 조바심은 나지 않는다. 무엇이든 진도를 빨리 빼고 레벨을 높이는 것에 욕심 많았던 내 성격이 아주 여유로워졌다. 요가가 현재 나의 상태에 필요한 수련을 하는 거라면, 서핑은 지금 내 삶의 행복을 위해서 하는 것이기 때문이다. 어떤 수준을 완성하기 위해서가 아니라 그것을 해 나가는 지금 이 순간의 행복을 위해서.

나의 모든 것을 기억하는
내 몸

～～～

～～～

　　　　　　　　　　파도를 찾아다니며 매일 같이
서핑하던 여름이 끝났다. 추운 계절에는 제주도의 북동쪽으
로 파도가 들어와 월정리해변이나 이호테우해변에서 서핑
을 할 수 있지만, 추위를 많이 타는 나는 바람이 차가워지기
시작하면서 앞으로 몇 달간은 서핑 횟수가 줄어들 수밖에 없
음을 직감했다. 그래서 그나마 여름내 훈련됐던 몸이 감각을
잃고 늘어지지 않게 하기 위해서 지상 연습을 하기로 했다.
없는 실력 그마저도 잃어 버리면 아쉬우니까. 신용카드 청구
액이 월급을 위협하지만 서핑 지상 연습에 좋다는 카버보드
를 샀다. 2개월 할부로.

월간 〈아웃도어〉(2017.12)에서는 카버보드에 대해 상세히 설명하고 있다. 카버보드는 '카버스케이트보드'라고 하는 미국의 캘리포니아 베니스 해변에서 탄생한 스케이트보드 브랜드의 이름이다. 두 명의 캘리포니아 서퍼가 겨울에도 서핑을 하고 싶어 개발한 스케이트보드로 국내에는 2008년부터 공식적으로 수입되고 있다. 파도가 없는 날이나 저녁 시간 등 서핑을 할 수 없는 환경에서 서핑 동작을 연습하기 위해 카버보드를 탄다. 서핑에서 라이딩과 턴 기술을 차용하고 그 외의 기술은 스케이트보드와 일치한다고 한다.

서핑은 보드에 맞거나 바닷속에 숨어 있는 돌에 부딪히면, 살갗이 찢어지고 뼈가 부러지기도 한다. 그래서 부상을 방지하기 위한 훈련도 중요하다. 그래도 물 위로 넘어지는 것이라 넘어진다고 해서 무조건 다치진 않고 얼른 보드를 찾아 잡고 물 위로 올라오면 괜찮다. 위기에 빠져도 다시 살아날 길이 있는 것이다. 하지만 땅 위는 다르다. 땅 위에서는 조금만 미끄러져도 살갗이 까지고 근육이나 인대도 더 쉽게 다친다. 넘어지면 그대로 끝이라는 생각이 들어 더 겁이 나기도 한다.

제주 시내에서 서프보드 대여 및 서핑 용품을 판매하는 숍을 운영하는 수옥이에게 카버보드를 사고 기초 수업을 받았다. 역시 타자마자 위험하게 넘어졌다. 아주 완만한 경사였지만 점점 속도가 빨라지자 당황한 나머지 그대로 뒤로 꽈당. 보드는 앞으로 날아가고, 넘어지면서 손목을 잘못 짚어 살갗이 까지고 발목이 조금 뻐근했다. 속도가 더 빨라지면 더 크게 다칠 것 같아 용기 있게(?) 미리 넘어진 게 그나마 다행이었다. 마치 스키에서 턴을 익히지 못해 직활강을 했을 때와 비슷했다. 수옥이가 자기는 안 쓰는 거라며 팔목과 무릎 보호대를 빌려줬다. 보호대를 꼭 하고 타라고 신신당부했다.

퇴근하고 가까이 사는 친구랑 같이 카버보드를 탔다. 내가 타는 걸 보더니 한마디 한다. "너 서핑하는 폼이랑 똑같아." 팔을 못 움직이고 어깨를 못 열고 어정쩡하게 엉덩이는 뒤로 빠진다. 카버보드는 서퍼들이 파도가 없을 때 육지에서 서핑을 하기 위해 만든 게 정말 맞구나 싶다. 서핑할 때의 안 좋은 습관이 그대로 나오는 것을 보니까 말이다.

인터넷 서핑 동호회 카페에는 나처럼 서핑 지상 연습을 위해 카버보드를 배우려는 사람들의 글이 종종 올라온다. 답글로 달린 동영상 링크를 클릭해서 보았다. 영상 속에선 거침없이 속도를 내고 빠른 턴을 한다. 쉬워 보이지만 실제로 타 보면 허벅지에 힘이 많이 들어간다. 5분만 타도 다리가 아프다. 퇴근 후 30분만 타고 들어오면 몸이 후끈후끈하다. 그래도 며칠 타니까 처음보다 많이 나아졌다. 이제는 좀 알겠다. 몸은 한 번 훈련한 것은 꼭 저장해 두고 있는 것 같다.

치앙마이를 여행할 때 타이 마사지사가 여는 타이 마사지 모임에 갔다. 교외의 타운하우스에 있는 타이 마사지사의 집에서 타이 마사지에 관심 있는 사람들을 초대해 타이 마사지를 소개하고 체험하는 내용의 모임이었다. 한국과 치앙마이에서 타이 마사지를 두어 번 받아 봤지만, 부드럽게 주물러 주기보다는 아프게 하는 마사지라는 느낌만 있을 뿐 타이 마사지의 특징이나 방식에 대해서 제대로 설명을 들어 본 적은 없다.

그녀의 말에 따르면, 타이 마사지는 그저 뭉친 근육을 풀어주거나 아픈 곳을 주물러 주는 마사지가 아니다. 몸속 에너지의 균형을 잡아 주고 잘 흐르게 하여 더 건강한 몸이 되게 하는 것이라고 했다.

"부상은 눈에 보이는 상처만을 남기는 게 아니라, 몸속에
도 기억을 남겨요."

겉으로 보기에는 다 나은 것 같아도 나의 몸은 다쳤던 것을
기억하고 있어 다치기 전과는 다른 상태가 된다는 것이다.
타이 마사지는 몸의 이 기억까지 치유함으로써 완전한 회복
을 도와주는 것이라고 했다. 실제로 그녀는 마사지하면서 내
가 다쳤던 곳을 정확하게 짚어냈다. 인대가 찢어진 적이 있
던 오른쪽 발목은 왼쪽 발목보다 더욱 예민했다. 곧 깨질 유
리 같은 느낌이었다. 10년이나 지났고, 이제는 격한 운동을
할 때도 큰 문제가 없었기 때문에 다쳤다는 것도 잊고 지냈
다. 하지만 마사지사의 손길로 인해 내 발목은 다치기 전의
상태로 돌아가지 못했다는 것을 알았다. 굉장히 아팠지만 마
사지를 받고 나니, 다쳤던 부위를 이전보다 훨씬 부드럽게 움
직일 수 있게 되었다. 이렇게 지속적인 마사지를 통해 몸이
기억하고 있는 상처를 회복할 수 있다고 했다.

요가를 하면서도 가끔 몸이 상처를 기억한다는 말이 떠오
른다. 손목을 풀어 주는 자세 중, 깍지를 끼고 안에서 밖으로
뒤집어서 손바닥을 바닥에 내려놓는 자세가 있다. 이 자세를

하고 나면 오른쪽 손목이 유난히 아파 자세를 풀 때 아주 천천히 해 줘야 한다. 재작년에 자동차 문에 오른쪽 손목이 끼었던 적이 있다. 병원에서는 근육이 조금 놀랐을 뿐이라고 물리 치료만 받고 치료를 끝냈다. 생활하는 데는 아무 지장이 없지만 요가를 하다 보면 여기를 다쳤음을, 그리고 아직도 이 손목은 다쳤던 것을 기억하고 있음을 느낀다.

알고 나서 다시 생각해 보니 이것은 당연한 이치다. 훈련받은 몸은 그것을 잊지 않듯, 몸이 받은 상처도 그것을 위한 특별한 치유를 해 주지 않으면 사라지지 않을 수밖에. 의학적인 치료는 몸에 새겨진 상처의 기억까지는 치유하지 못하니 말이다.

피임 실수로 원치 않는 임신을 하게 되어 낙태를 한 친구는, 몸이 회복된 후에도 몇 년 동안을 깊은 상처와 함께 보냈다. 눈에 보이지 않는 뱃속의 존재였더라도 무언가가 몸 안에 자리 잡았다가 강제로 떼어내지는 경험은 단지 수술하면서 생긴 상처가 회복된다고 해서 잊힐 수 있는 건 아니었나 보다. 힘든 시간을 함께 보냈지만 내 친구의 남자 친구보다 내 친구가 유난히 더 우울한 감정에 시달렸던 것은 직접 몸으로 겪었기 때문일 것이다.

나는 초등학교 때 친했던 동네 오빠에게 성추행을 당한 경험이 있다. 끔찍했던 기억은 내 몸에 남았다. 나는 내 몸을 자랑스러워하지 못하게 됐다. 그리고 일상적으로 겪었던 외모에 대한 평가로 인해 '내 몸은 내 것'이라는 주인 의식을 갖지 못한 채 살아왔다.

하지만 치앙마이에서 타이 마사지사의 설명을 들으며, 나의 모든 것을 그대로 기억하고 담고 있는 유일한 것은 내 몸이라는 생각이 들었다. 그것이 좋은 기억이든 나쁜 기억이든, 나와 내 몸만이 알고 있다. 아무하고도 말이 통하지 않는 외국에서 같은 언어를 쓰는 사람을 만난 기분이었다.

카버보드를 타고 나서 서핑을 하니, 확실히 카버보드를 타기 전과는 좀 다른 느낌이다. 카버보드를 타면서 연습했던 턴을 파도를 타면서도 시도하고 있는 내 모습을 발견했다. 그전까지는 서핑하면서 턴을 해볼 일이 없으니 어떻게 하는지 전혀 몰랐는데, 카버보드를 통해 몸이 턴을 배우니 바다에서도 해볼 수 있게 된 것이다. 물론 제대로 된 턴은 아니었지만, 몸이 카버보드를 탔던 것을 기억해 머리보다 먼저 움직였다. 몸은 아무리 사소한 것이라도 정직하게, 모두 기억하고 있었다.

행복 게이지가
바닥을 치기 전에

≋

≋

특별히 아픈 곳 없이 여름 성수기를 잘 보냈다. 성수기라고 해서 일하는 시간이 길어지는 것은 아니지만 업무의 강도가 높아진다. 호텔에 손님이 많으면 요구 사항이나 민원도 많아지고 그만큼 진상 손님도 많아지기 때문이다. 아무래도 일할 때 신경이 날카로워지고 정신적 스트레스를 많이 받을 수밖에 없다.

한국의 진상 문화는 다른 나라에 비해 유독 심하다. '목소리 큰 놈이 이긴다', '손님이 왕이다'가 통용되는 사회라서 그런가. 규정에 위반되거나, 호텔 측의 실수로 문제가 생긴 경우가 아님에도 적반하장으로 화를 내며 본인이 원하는 것을 얻으려고 한다. 본인이 수영장이 없는 객실을 예약해 놓고 수영장 있는 객실로 바꿔 달라고 목소리를 높이거나, 체크인은 3시부터라고 공지되었는데도 아기가 자고 있으니 1시에 체크인 해 달라며 융통성을 운운한다. 특별하게 무리한 요구를 하는 경우가 아니더라도, '막 대해도 되는 사람' 취급하는 언행 모두를 나는 진상이라고 생각한다. 툭툭 반말을 하거나, 자기 말만 하거나, 함부로 짜증을 내는 것과 같은.

객실에 문제가 있는 경우에는 호텔 측의 분명한 사과와 조치가 우선인 것은 맞다. 불만과 불편함을 해결하기 위해 노력하며, 어느 정도의 컴플레인은 감수해야 한다고 생각한다. 하지만 가장 힘든 반응은 '죄송하다고 하면 다냐, 어떻게 할 거냐'며 목소리를 높이는 것이다. 명확한 요구 사항도 없다. 보상을 해 주겠다고 하면 보상이나 받으려고 하는 사람 취급한다며 더 화를 내기도 한다. 나는 손님이니 대접받아야 하는데 못 받은 것에 대한 화풀이다. 자신의 기분이 풀릴 만큼 깍듯하게 대우하라는 으름장이다.

말도 안 되는 요구 사항을 들을 때에도 목소리의 톤을 높이고 말투는 친절하게, 웃으면서 응대해야 한다. 한마디로 아랫사람의 입장에서 말해야 하는 것이다. '커피는 4,000원이세요.'나 '지금 수영장 사용 가능한 객실은 없으세요.'와 같이 사물에도 높임말을 쓰는 것을 나는 아주 싫어했는데, 서비스직에서 일하면서부터는 어느 순간 그런 말을 쓰고 있는 나를 발견한다. 듣는 손님의 기분이 조금이라도 상할까 봐 나도 모르게 과한 존칭을 사용하게 된다.

한국에서 서비스직 노동자가 처하는 모순이란, 마땅히 할 수 있는 말을 못 하는 위치에 있다는 점이다. 내 잘못이 아닌데도 사과해야 하는 상황, 부당한 요구임에도 들어주어야 하는 상황에 빈번하게 처한다. 내 의지나 감정, 판단은 중요하게 여겨지지 않는다. 법과 규정, 상식 위에 '손님의 기분'이 있다. 사실 나는 그들이 호텔을 이용할 수 있도록 정해진 서비스만 제공하면 될 뿐인데 말이다. 어디에서 꼬투리 잡힐지 모르고, 손님이 불쾌해 하면 결국 피해 보는 것은 나니까, 언제 터질지 모르는 폭탄을 안고 일하는 기분이다. 이런 것들은 모두 업무 스트레스로 이어진다. 그럼에도 불구하고 특별한 기술이 필요한 일이 아니라는 점 때문에 쉬운 일로 취급받고 언제든 대체될 수 있는 사람으로 여겨진다.

우리 호텔의 예약 실장님은 '진상 부리는 사람들보다 예의 갖춰서 말하는 사람들에게 떡 하나 더 돌아가는 문화'가 되어야 한다고 종종 말씀하신다. 한국 사람들은 은연중에 '진상을 부려야' 뭔가를 더 얻어낼 수 있다고 생각하고, 그래서 좋게 해결할 일도 진상이 되어 해결하려고 한다. 하지만 이놈의 진상 문화는 내 상사, 우리 회사만 바꾼다고 되는 일이 아니다. 최근에는 '서비스직 노동자들이 당신의 소중한 가족일 수 있으니 존중하자'는 캠페인이 진행되는 것을 보았다. 조금씩 인식이 바뀌고는 있지만 단기간에 바뀔 수 없는 문제다. 그래서 많은 사람이 서비스직에서 일하기를 피한다.

장소가 제주도일 뿐이지 직장은 직장이다. 서울에서 다녔던 직장보다는 덜하지만 나도 당연히 일하기 싫을 때가 있고, 일 때문에 스트레스를 받는다. 정말 나와 잘 맞고 행복을 만끽하며 일할 수 있는 직장을 만나는 건 인생의 큰 복 중의 하나인데, 안타깝게도 나는 아직 그 복을 쟁취하지는 못했다. 하지만 스트레스에 민감한 내가 한 번도 아프지 않고 여름을 보냈다는 사실에 새삼 놀랐다.

서울에서 나는 일주일에 한두 번씩은 꼭 맛있는 음식을 먹으러 가야만 직성이 풀렸다. 나는 사람들 모두에게는 행복 게이지가 있다고 생각한다. 마치 게임 속 캐릭터의 파워 게이지처럼 말이다. 파워 게이지가 바닥을 치면 게임은 끝난다. 스트레스를 받으면 사람들의 행복 게이지는 점점 줄어들고, 그것을 다시 채우기 위해 사람들은 저마다 무언가를 한다. 맛있는 음식을 먹거나, TV프로그램이나 영화를 보고, 운동을 하거나 친구를 만나 수다를 떨고, 잔다. 내가 행복 게이지를 채우는 방법은 주로 먹는 것이었다. 아주 맛있는 것을 먹는 것.

그런데 제주에 와서 바쁜 성수기를 보내면서는 맛있는 것을 먹으러 다니지 않았다. 여행 온 친구들보다 맛집에 대해 아는 게 없었다. 회사 식당 밥만 먹고도 잘 지냈다.

겨울이 되어 서핑 횟수가 급격하게 줄어들자, 왠지 모르게 기분이 처지고 지겨운 기분이 들었다. 그러다 어느 날 문득 오늘은 퇴근하면 꼭 맛있는 것을 사 먹으러 가야겠다는 생각이 강하게 들었다. 상당히 오랜만에 느끼는 기분이었다. 바쁜 여름 동안에 왜 이런 기분을 느끼지 못했는지 생각해 보니, 여름에는 서핑을 하며 스트레스를 바로바로 날려 버리고 있었다는 걸 알았다. 초등학교 때, 방학을 하면 놀이동산, 워터파크, 영화관, 계곡 등으로 놀러 다녔다. 스트레스 받을 일 없이 매일매일 놀 계획으로 늘 들떠 있는 시간이었다. 제주에 오고 나서, 여름에는 나의 매일이 그 시절의 방학 같았다.

스트레스가 채 쌓이기도 전에 해소됐다. 행복 게이지가 조금만 떨어져도 계속 아이템을 먹어 꽉 찬 상태를 유지한 것 같았다. 그래서 굳이 맛있는 것을 먹으러 가지 않아도 괜찮았던 것이다. 이미 충분히 즐겁기 때문에 욕구의 결핍이 없는 상태가 아니었을까.

세상이 발전할수록 인간이 받는 스트레스의 총량은 점점 더 늘어나고 있는 것만 같다. 과연 스트레스의 총량이 줄어드는 세상이 올 수 있을까? 지구가 한 번 폭발해서 모든 것이 리셋 되지 않는 한 그것은 불가능해 보인다. 한 사람이 견뎌내야 할 스트레스의 양만큼 해소를 위한 방법이나 시간 또한 많아져야 할 텐데 그렇지 않다.

20대 중반에 처음 일을 시작한 이래로, 나는 일하면서도 스트레스에 쩔지 않고 산다는 게 뭔지 30대 중반이 되어서야 처음 알았다. 나는 서핑과 제주살이 덕분에 그런 삶이 가능해졌지만, 다른 곳에서 다른 취미로도 가능할 거라고 생각한다. 각자의 삶에서 매일매일 손쉽게 행복 게이지를 채우는 방법을 꼭 찾을 수 있으면 좋겠다.

행복하고자 하는 욕구를 충족시켜 주고 스트레스를 해소할 수 있는 강력한 한방인 취미가 있다는 것, 그리고 그것을 자주 할 수 있다는 것이 삶에서 얼마나 중요한지 느낀다. 앞으로 어디에서 무엇을 하며 살든 이 조건은 내 삶의 1순위가 될 것이다.

ps. 나는 일단 서비스직 노동자로서 받는 스트레스를 서핑으로 해소하고는 있지만 한국의 진상 문화는 꼭 바뀌어야만 하는 문제다. 서비스직에 종사하는 개인들이 스트레스를 잘 해소할 수 있게 된다고 해도, 진상은 진상이다.

행복 게이지 60

태초부터,
여자라서 불가능한 것은 없었다

어느 명절 때였다. 갑자기 이상하다는 생각이 들었다. 결혼한 사촌 오빠가 새언니를 데려왔다. 열댓 명의 식구들이 모였고, 사촌 오빠는 가만히 있는데 새언니는 바삐 움직인다. 사촌 오빠는 원래 이 집 사람이고, 새언니는 남의 집에서 온 사람인데, 이 집 식구들 밥 먹는 것을 남의 집에서 온 사람이 챙기고 있었다. 난 나보다 나이가 많은 새언니가 일을 하고 있으니 나도 뭔가 해야 할 것 같아 좌불안석이었다. 하지만 사촌 남동생은 불편한 기색이 없었다. 그러고 보니 열심히 음식을 하고 나르고 차리고 있는 할머니, 큰엄마, 엄마도 모두 김 씨가 아니다. 김 씨들은 모두 쉬고 있고, 김 씨가 아닌 여자들만 일을 하고 있었다.

나는 내가 태어날 때부터 이미 할머니와 큰엄마, 엄마가 나의 가족이었기 때문에 여태 남의 집에서 온 사람들이라고는 생각해 본 적이 없었다. 오래전부터 아빠들은 TV를 보고, 엄마들은 부엌에 있었기 때문에 원래부터 그런 것인 줄 알았다. 하지만 '원래부터' 그런 건 없었다. 당연하지 않은 것을 당연하게 여기며 자라 왔다는 생각에 소름이 돋았다. 내가 여태까지 당연하다고 생각했던 것들이 결코 원래부터 당연한 것이 아닐 수도 있다는 것 아닌가.

할머니는 1920년대에 태어나셨다. 조선 시대에 태어나 일제 강점기와 우리나라의 독립을 겪고, 전쟁에 나간 남편을 기다리며 홀로 아이들을 돌봤다. 4남 3녀를 낳았다가 세 딸을 모두 어릴 때 세상에서 떠나보낸 할머니의 삶을 나는 쉽게 상상할 수 없다. 얼굴도 보지 못한 고모들의 이야기는 제대로 들은 적이 없다. 여쭤볼 용기도 내지 못했다.

나는 할머니 댁에서 태어났다. 엄마는 결혼해서 할머니와 할아버지가 사시는 집에 신혼살림을 차렸고, 곧바로 나를 임신했다. 맑은 콩나물국만 먹고 자란 엄마는 시부모님 저녁상으로 콩나물국을 내왔다가, 고춧가루를 풀지 않았다고 할아버지에게 혼났다. 왜 혼났는지 제대로 알지도 못한 채 낯선 시댁의 작은 신혼방에서 서러운 마음을 달랬을 것이다.

엄마는 80년대에는 흔치 않게 출산 휴가를 권장하는 좋은 회사에 다녔다. 출산 예정일이 다 되어 휴가 전 마지막 출근을 하고 퇴근한 날, 저녁을 먹고 좀 쉬려는 찰나 내가 나왔다고 한다. 나는 마치 엄마가 준비되기를 기다렸다가 나온 것 같았다고 했다. 엄마의 회사는 엄마에게 복직을 권유했지만, 엄마는 내가 너무 예뻐서 차마 나를 두고 출근할 수가 없었다고 했다. 당시에는 일하는 엄마가 드문 시대였다.

초등학교 1학년 때였던 걸로 기억한다. 나는 낯을 많이 가리던 아이였는데(특히 남자 어른들에게) 그날따라 무슨 바람이 불었는지 유치원생인 동생과 동네 친구 몇 명과 함께 아파트 경비실에 놀러 갔다. 경비원 할아버지 무릎에 앉아 한참을 놀고 있었는데, 시장 갔다가 돌아오던 엄마가 다급하게 우리를 불러 집으로 데리고 들어가는 것이었다. 집에 가자마자 엄마는 우리를 방구석에 세워 놓고 다짜고짜 혼내기 시작했다. 도대체 무엇을 잘못했는지 몰라 대답도 잘 못 하는 우리에게, 엄마는 '경비 할아버지들이 너희 다리 사이를 만지고 있지 않았냐'고 추궁했던 기억이 난다. 우리는 그게 나쁜 짓인지 알지도 못했기 때문에 그저 엉엉 울었던 것 같다.

성인이 되고 나서 갑자기 그때의 기억이 떠올랐다. 한동안은 우리 잘못도 아닌데 우리를 혼낸 엄마가 원망스러웠다. 하지만 엄마도 그 할아버지들에게 사과를 받는 방법을 몰랐을 것이다. 엄마도 여자가 몸을 조신하게 해야 한다고만 배웠을 것이다. 그때는 '성폭행'이라는 것이 '여성의 잘못'으로 인식되던 90년대 초반이었고, 엄마는 지금의 나보다 고작 두세 살 많은 나이였다.

나는 내가 여자라서 하고 싶은 것을 더 쉽게 포기하고, 더 작은 꿈을 꾸고, 나 자신을 단속하지 않았는지 돌이켜 볼 때가 있다. 2차 성징이 끝나고 난 후부터는 내가 할 수 있는 것보다는 하면 안 되는 것들을 더 많이 배워 왔다. 초경을 하니 이제 진짜 여자가 되었다는 축하와 함께 더욱 엄격한 단속이 시작되었다. 보호라는 말이 사실은 나를 가두는 새장과도 같다는 걸 성장하면서 알았다.

가끔 할머니의 꿈은 뭐였을까 궁금할 때가 있다.

할아버지 기일에, 가족을 대표해 할머니가 할아버지께 한 말씀 드리는 시간이었다. 할머니는 할아버지의 안부를 물으시고, 가족들 건강할 수 있게 보살펴 달라고 부탁을 하시면서 이렇게 덧붙이셨다.

"손녀딸들 얼른 시집가게 해 줘요."

할머니의 기준에서는 과년한 손녀딸들이 결혼을 안 하는 건 정말 큰일 나는 일일 것이다. 할머니가 보시기에, 서핑이 좋아 여자 혼자 이름도 처음 듣는 낯선 다른 나라의 섬으로 여행을 가고, 친지 한 명 없는 제주도에 가서 사는 내가 너무 걱정스러우시겠지.

서울에 온 김에 오랜만에 단골 미용실에 들렀다. 오랜만이 라며 인사를 건네시는 사장님께, 제주도로 이사 가서 못 왔 다고 말했다.

"결혼 안 했잖아? 결혼해서 갔어요?"

중학생 딸을 둔 사장님 생각에는 결혼이 아니고서는 여자 혼자 갑자기 제주도까지 간다는 게 자연스러운 일은 아닌가 보다. 결혼은 안 할 거냐는 사장님의 말을 흘려듣고 제주에 내려왔다. 추운 이호태우해변에서 멋있게 서핑을 하는 언니 들을 보면서, 여자라서 원래 불가능한 것들이 태초부터 있었 던 건 아니라는 걸 다시 한번 생각한다.

경비원 아저씨도,
파도 앞에선 평등하다

〜〜〜

〜〜〜

　　　　　　　　　　　　　반년 만에 서울 부모님 집에 갔
다. 내가 중학교 때부터 살았던 이 집은 지은 지 20년이 넘
은 아파트다. 숫자가 높은 동일수록 평수가 넓은데, 1~2동은
20평 미만, 3~5동은 30평대, 6~7동은 50평대 이상, 이런 식
이다. 우리 집은 4동이었고, 고등학교 선배 언니가 7동에 살
고 있었다. 언니네 집에 놀러 가면 긴 복도를 지나야 언니 방
에 도착하곤 했다. 그 언니네가 3동으로 이사 갔을 때, '집에
안 좋은 일이 닥쳤나' 하는 생각이 자연스럽게 들었다. 언젠
가부터는 7동 외벽에만 특별한 조명이 달려 있어 웃긴다고
생각했다.

모든 아파트가 그렇듯 주기적으로 아파트 외벽을 새로 칠한다. 오래되면 페인트가 벗겨지고 색이 바래 미관상으로나 안전을 위해서나 하는 것일 터였다. 그런데 언젠가 동생이 말했다. 옆 동네 아파트가 칠을 새로 하면 우리 아파트도 한다고. 여러 가지 이유가 있겠지만 더 좋아 보이려고 서로 경쟁하는 것 같다는 게 동생의 생각이었다. 그러고 보니 아파트 디자인도 유행을 타는지 강남의 유명 아파트 외벽을 흉내 낸 디자인으로 바뀌어 있었다.

오랜만에 찾아온 부모님 집 아파트는 어딘가 조금씩 바뀌어 있었다. 방문객 차량과 입주자 차량의 진입로를 분리해서 만들었고, 엘리베이터에 동영상이 재생되는 모니터가 설치돼 있었다. 아무도 보지 않을 것 같은 영상이 재생되고 있는 걸 보면서, 저 모니터는 오래된 아파트지만 새 아파트 분위기 내며 살고 싶은 주민들 마음인가 싶었다. 'ㅇㅇ아파트 리모델링 추진 위원회 발족'이라는 현수막도 새로 달려 있었다.

갑자기 모르는 아저씨가 나에게 "안녕하세요."라며 허리 숙여 인사를 했다. 이 아파트에 내가 인사하며 지낸 아저씨는 없는 터라 놀랐다. 나이 든 분으로부터 인사를 받았으니 나도 해야 할 것 같아 엉거주춤 "네, 안녕하세요." 하면서 그분이 누군지 확인한 순간, 나는 적잖이 충격을 받았다. 그분은 경비 아저씨였다.

관리비를 줄이기 위해 아파트 경비실의 냉난방을 꺼 버린다는 이야기, 경비원에게 막말과 폭행을 해서 다른 네티즌들의 뭇매를 맞은 이야기, 최저 임금이 인상되자 인건비를 줄이기 위해 경비원을 해고한다는 이야기들 사이에서 본 것 같은, '아파트 주민들에게 90도로 인사하라고 강요' 했다는 이야기가 떠올랐다. 아파트 경비원에 대한 주민들의 갑질은 소위 잘 사는 동네, 비싼 아파트에서만 있는 일인 줄 알았다. 경비원 아저씨가 내 시야에서 사라지고 나서 경비실을 지나가며 혹시 경비실 안에 냉난방 기구마저 없는 건 아닌지 문득 걱정되었다. 그렇게 잘 사는 동네도 아니고, 오래된 아파트라 갑질 문화는 없을 거라고 생각했다. 하지만 오래된 아파트라고 해서 안 그러리라는 법도 없다.

서핑의 매력을 묻는 질문에 어떤 서퍼가 이런 대답을 한 적이 있다. 파도 앞에서 모든 사람은 동등하다고. 직업이 뭐든, 얼굴이 어떻게 생겼든, 돈이 얼마나 있든, 성적 지향이 어떻든 간에 파도 앞에서는 모두 똑같은 인간일 뿐이라는 것. 파도는 절대 사람을 차별하지 않는다.

만약 경비 아저씨가 서핑을 한다면 어떨까? 바다에서 만나면 경비 아저씨도, 나도, 가장 큰 평수에 사는 사람도, 아파트 주민회에서 권력을 가진 사람도 모두 같은 인간일 뿐이다. 누구에게는 더 좋은 파도가 오고 누구에게는 더 힘든 파도가 오는 게 아니다.

제주도에 내려와서 사귄 친구들은 대부분 서핑하는 친구들이다. 서핑을 통해 좋은 친구들을 많이 만났다. 절반 이상은 서핑이 좋아서 제주에 내려온 사람들이다. 다들 서핑을 계속하려면 어떤 일을 해야 하는지, 어떻게 살아야 하는지를 진지하게 고민한다.

바다에서 만난 친구들에 대해서 내가 받은 느낌은 무슨 일을 하는지, 어디 출신인지를 그다지 중요하게 생각하지 않는다는 것이다. 서핑을 하기 전까지는 사람을 처음 만났을 때 직장은 어디인지, 어느 학교를 나왔는지를 통해 그 사람에 대해 파악해 보려고 했다. 어릴 적부터 내가 모르는 누군가에 대해선 그런 설명부터 들어 왔다. 집안의 부유함이라든지 회사의 간판, 학벌 같은 것들이 어떤 사람의 인성을 보장해 주지 않는다는 것은 알고 있었지만, 습관적으로 묻고 파악하곤 했다. 어쩌면 대화의 물꼬를 트기 위해서이기도 했다. 학

교는 어디를 다녔는지, 회사는 어딘지를 묻지 않아도 대화를
이어갈 수 있는 첫 만남은 많이 경험해 보지 못했다.

　하지만 서핑하는 친구들과는 파도 얘기만으로도 밤을 샌
다. 그들과의 대화는 내게 좋은 배움의 시간이 되기도 한다.
서핑하는 친구들이 누군가의 직업을 가장 궁금해 할 때는,
그 사람이 평일에도 서핑하는 모습을 볼 때다. 대체 무슨 일
을 하길래 저렇게 서핑할 시간이 많은지 궁금하고 부럽기 때
문이다.

　금보는 제주 출신으로 제주공항에서 일한다. 평일에는 출
근하기 때문에 주말에만 서핑을 할 수 있는데, 파도도 주말
에는 쉰다며 늘 서핑에 목말라한다. 그래서인지 12월 31일
에 송년회를 핑계로 다 같이 술을 잔뜩 마시고 잠들었는데,
금보는 새벽 같이 일어나 모두를 깨우다 결국엔 혼자 새해
일출 서핑을 하러 나갔다. 지범이, 승아는 서핑 때문에 육지
에서 제주로 이주했다. 나와 비슷한 케이스다. 용석이는 직
장 때문에 제주에 왔다가 서핑의 맛을 알고 눌러앉았다. 서
핑하다가 눈이 맞아 혜민이와 결혼했다. 혜민이는 승무원인
데, 집이 있는 제주와 회사가 있는 인천을 왔다 갔다 하며 비
행을 다니고 서핑을 한다. 민성이는 오후 1시면 퇴근하는 회

사에 다녀 자주 서핑할 수 있어 모두의 부러움을 산다. 오후 1시에 퇴근하기 위해 새벽 4시 반에 출근해야 하는 건 아무도 생각 안 하는 것 같다. 지혜 언니는 회사에서 제주도로 파견을 나왔다. 파견 기간이 끝나도 다시 서울로 돌아가지 않을 방법을 고민한다. 언니는 육지에 살면서도 서핑을 계속해 왔지만 제주에 살아 보니 더 좋은가 보다. 인명 오빠는 1년만 제주에 살아 보려고 내려왔다가 어느덧 제주살이 6년 차에 접어들었다. 왜 떠나지 않냐고 물으니 한 해 한 해가 갈수록 점점 더 좋아져서 그렇다고 했다. 그 중심에는 서핑이 있다. 승한이는 핸드폰 수리점을 운영하는데, 액정을 자주 깨먹는 나는 곧바로 단골이 되었다. 제주가 고향인 수옥이는 우리 중에 서핑을 제일 오래 했고 제일 잘한다. 서프보드 대여 및 서핑 용품을 판매하는 숍도 운영하고 있어 나 같은 초보자에게 많은 것을 알려 주고 빌려주는 좋은 선생님이다. 겨울에는 여름을 준비하며 몸 만드는 데 집중하고 있어 같이 술 먹자고 하기 미안할 정도다. 수옥이뿐만 아니라 대부분의 다른 친구들도 운동을 좋아하고 꾸준히 하려고 한다. 서핑을 계속하기 위해서는 건강한 몸 만들기에 관심을 가질 수밖에 없다.

제주에 내려온 지 반년 만에 나이를 잊고 건강하고 즐겁게 사는 많은 언니, 오빠, 친구들을 만났다. 바다에서 만났다는 이유로 사회적 지위나 경제적 여건 등 외적인 조건에 상관없이 모두 친구가 되었다. 파도가 우리를 모두 평등하게 대하기 때문이다. 만약 서울 부모님이 사시는 아파트의 경비 아저씨가 서핑을 했다면, 그분을 바다에서 만났다면, 우리도 친구가 될 수 있지 않았을까 상상해 본다.

내가 나를 사랑하는지 모르는
사람에게

〰

〰

　　누군가와 함께하는 여행도 물
론 행복하지만 혼자 하는 여행이 더 기억에 남는 이유는 온
전히 내 힘으로 나를 행복하게 해 준 순간들 때문이다. 그럴
때 나에 대한 기특함, 뿌듯함, 행복감이 동시에 든다. 함께하
는 여행에서는 상대방에 대한 고마움, 혹시나 불편하지 않을
까 하는 미안함, 배려받는 이의 행복함이 섞여 있기 때문에
우열을 가릴 수는 없다. 이건, 다른 종류의 행복이다.

　여행을 마치고 이륙하는 인천행 비행기 안에서 점점 멀어
지는 여행지를 내려다보면, 무엇인지 정확하게 표현하기 힘
든 벅찬 감정이 들곤 했다. 오래 머무른 곳일수록, 작은 불빛

들만 봐도 저곳이 어디인지 짐작할 수 있다. 그곳에서 내가 뭘 했는지 회상한다. 그 눈길과 감정이 그곳을 누볐던 나의 모습과 그때의 느낌을 잊지 않으려는 마음이었다는 걸, 이륙하는 서울행 비행기에서 불 켜진 제주의 밤을 내려다보면서 알게 되었다.

볼일이 있어 서울로 가는 저녁 비행기를 탔다. 어둠 속에서 불 켜진 섬을 보다가 갑자기 뭉클했다. 제주의 야경이 나를 뭉클하게 한 게 아니라, 그곳에서 지낸 나의 지난 6개월, 처음 제주에 와서 새 직장에 적응하던 나, 차로 삐뚤빼뚤 산길을 힘겹게 운전하던 나, 술기운이 촉촉이 올라 시내를 누비던 나, 서프보드 위에 앉아 바다에 머물던 나의 지난 시간과 추억들이 나를 뭉클하게 한 것이다.

나는 나를 사랑하고 있지 않다고 생각했다. 나를 사랑하는 게 뭔지 잘 모르기도 했다. 나를 가장 많이 혼내는 것도, 단점만 보려고 하는 것도 나였다. 남의 장점은 칭찬하면서, 나의 장점에는 무심했다.

데이트 폭력에 시달리다 힘든 이별을 겪은 후, 심리 상담 선생님을 찾아간 적이 있었다. 나 혼자서는 아무것도 할 수 없을 것 같고, 나 자신을 지킬 힘조차 없는 것 같다는 내게 선생님은 말했다.

"아닌데요. 마음이 단단해요. 민주 씨는 자신을 지킬 힘이 있어요. 지금도 폭력적인 상황에서 스스로 탈출했잖아요."

여행에서 돌아오는 비행기에서 뭉클했던 건, 하루하루를 나를 위한 시간으로 보냈기 때문이었다. 내가 하고 싶은 걸 내가 해 줬기 때문에 뿌듯했고, 그런 나로 인해 행복했다.

이미 나는 나를 많이 사랑하고 있었다. 내가 하고 싶은 것을 찾고, 그것을 하고자 하는 적극적인 욕구가 있다는 것만으로도 그렇다. 마치 아이가 좋아하는 것을 꼭 해 주고 싶은 부모 마음처럼. 엄마는 어렸을 때 나의 한 순간순간을 사진으로 남겨 주셨다. 즐겁고 신난 모습뿐만 아니라 삐죽삐죽하다 으앙 우는 모습, 넘어져 이마에 상처가 난 모습, 기는 모습, 두 다리로 선 모습, 우유를 먹는 모습…… 한 장 한 장의 사진 옆에 메모를 적어 앨범을 만들어 두셨다. 지금은 내가 그렇다. 나의 삶 한 순간순간을 나만큼 기록하고 기억하고 싶어 하는 사람이 또 있을까? 그건 이 세상에서 나를 가장 사랑하는 건 나라는 증거였다. 그저 나는 나를 어떻게 다뤄야 할지 몰랐고, 나에게만 집중해도 되는지 눈치 봤다.

"하고 싶은 게 뭔지 모르겠어."

고등학교 3학년 때였다. 친구 중에는 하고 싶은 게 뭔지 모르겠다는 경우가 많았다. 그래서 대학을 지원할 때, 점수 맞춰 가거나, 취직 잘 될 것 같은 데를 가거나, 비인기 학과더라도 대학 간판을 볼 것인지, 이름 없는 학교더라도 인기 학과를 갈 것인지를 두고 고민했다. 왜 우리는 19년을 살았는데 내가 좋아하는 게 뭔지조차 알지 못했을까? 그렇다고 성인이 되고 대학에 가고 취직을 했다고 알게 되었나? 오히려 자신이 좋아하는 게 뭔지 알기 위해 자신을 탐구할 시간은 점점 더 갖기 힘들어졌다.

"취직하고 나니까 점점 인생이 재미없어지는 거야."

친했던 대학 친구는 치열한 경쟁 끝에 번듯한 직장에 자리를 잡고 나자 결혼 소식을 알렸다. 결혼을 선택하는 이유를 묻는 내게, 아기를 갖고 싶어서라고 말하며 그는 덧붙였다. 서른 살이 넘어가고, 졸업, 취직과 같은 어려운 관문들을 통과하고 나니, 이제 더는 설레거나 신나는 일이 많이 생기지 않더란다. 그래서 결혼하고 아이를 낳아 기르면서 살아야겠다고 생각했단다. 인생은 긴데, 재미있는 일이 생길 가능성은 점점 줄어든다고 했다.

원래 인생의 재미란 위로 볼록한 이차방정식의 그래프처

럼 20대와 30대의 사이 어느 즈음에 정점을 찍고 점점 하강하는 걸까? 그렇다면 나이를 먹어갈수록 우울함만 지속될 것이다. 친구는 사회에서 일반적으로 인정받는 길을 착실히 걸어왔지만 가면 갈수록 매력을 느끼지 못하고 있다. 그렇다면 계속 그 길로 가는 게 맞는 걸까? 더 재미있는, 다른 길로 방향을 트는 데 너무 큰 용기가 필요한 사회다. 그래서 사람들은 자신이 진정 원하는 것은 조금 묻어두고 산다.

똑같은 여행지여도 사람에 따라 모두 다른 시간을 보낸다. 그곳을 떠나는 비행기에서 내려다 보이는 풍경은 같지만, 바라보는 사람의 마음에 저장된 추억은 제각각이다. 그리고 모두 자신의 추억이 가장 아름답다고 느낀다. 각자 스스로 충실한 시간을 보냈기에 자신에게는 그것이 가장 소중하다. 여행지가 아닌 일상에서도 그렇게 스스로 충실한 삶을 살면 안 되는 걸까?

사실 자신의 인생은 각본, 감독, 관객이 모두 자신뿐인 하나의 작품이다. 남의 눈에 좋아 보이게 만들더라도 남들이 나만큼 내 인생을 관심 두고 들여다보지 않는다. 가장 주요한 관객인 내가 만족할 수 있는 작품을 만들어 가는 게 가장 최선이다.

데이트 폭력에 시달리면서도 남들이 나를 어떻게 생각할까를 우선에 뒀던 시간이 있었다. 겉으로는 괜찮은 척 지냈다. 그러다 이렇게 더 지내다가는 내가 나를 망치게 될 것 같다는 생각이 들 때가 되어서야 나는 벗어났다. 그동안 내가 신경 써 왔던 '남의 시선'이 사실은 실체가 없는 연기 같은 것이었다. 곧 증발해 버리는 연기 때문에 내 안의 외침을 외면했다고 생각하니 나에게 너무 미안했다. 나를 우선에 두고 내 삶을 써 보자고 다짐했다. 다른 사람을 행복하게 해 주지는 못하더라도 나를 행복하게 하는 건 할 수 있다는 자신감이 생겼다.

서핑하러 바다에 가면 친구들을 만날 수 있지만 서핑도 결국은 혼자 하는 것이다. 나의 한계에 내가 부딪히는 과정이다. 아무도 주목하지 않지만 나만의 서핑 이야기가 만들어지고 있다. '내'가 주인공이 되어 이야기를 써 나가기가 쉽지 않은 현대 사회에서 자연과 함께 나만의 이야기를 써 나가고 있다는 사실은 큰 위안이다. 그리고 그로 인해 앞으로의 내 삶도 계속 재미있을 거라는 기대가 된다.

서평하다 죽는다면,
꽤 괜찮을 것 같다

≋

≋

　　중학교 때 시험 끝난 기념으로 친구와 피시방에서 게임을 하는데, 갑자기 정전됐다. 계단에서 불이 났다. 피시방은 2층이었지만 창문이 모두 막혀 있었고 출입구는 불이 난 계단 하나뿐이었다. 죽음이 다가왔을 때의 공포는 아직도 잊지 못한다. 시험 끝나고 이제 좀 놀기 시작했는데 여기서 죽는다고 생각하니 너무 억울했다. 이 피시방에 안 왔으면 이런 일도 없었을 텐데, 순식간에 온갖 후회와 생각으로 머리가 가득 찼다. 같은 두려움을 느끼는 처음 보는 사람들과 금세 동지가 됐다. 다행히 소방차가 와서 화재를 진압했고 모두 무사히 탈출했다. 그 후로 창문이 막혀 있거나 지하에 있는 곳은 몇 년 동안 가지 못했다. 지금도 퇴로가 없는 곳에서는 불안함을 느낀다.

나는 만약 죽음의 방법을 선택할 수 있는 행운이 주어진다면 1초의 망설임도 없이 자다가 죽는 것을 고르려고 했다. 죽음에 대한 두려움에 떨다 고통 속에 세상을 떠나는 것만큼 비극이 있을까. 사람들은 삶에 대한 희망이나 의욕에 가득 차서 살아갈 때도 있지만, 죽지 못해 살기도 한다. 모든 것이 재미없고 무기력하지만 죽는 건 무섭고 다치는 건 아프니까. 내가 일면식도 없는 세월호 희생자들의 죽음이 유난히 마음 아픈 이유도 그들이 죽음을 앞두고 침몰하는 배 안에서 느꼈을 공포 때문이기도 하다.

가수들이 무대 위에서 죽고 싶다거나, 배우들이 쓰러져도 촬영장에서 쓰러지겠다는 인터뷰를 할 때, 열정을 표현하기 위해 사용되는 틀에 박힌 문구라고 생각했었다. 그런데 문득 서핑하다가 죽는다면 꽤 괜찮은 죽음이라는 생각이 들자, 무심코 넘겨 왔던 그 말들이 다르게 느껴지기 시작했다. 무대 위에서, 촬영장에서 느낄 수 있는 최고의 행복과 짜릿함 속에서 죽음을 맞는 것은 어마어마한 복일 것이다. 서핑을 하면서 여한이 없을 정도로 행복한 기분을 느껴 보니 그 말의 진짜 의미를 알게 되었다.

서핑을 할 때면 아드레날린이 분비돼 아픔도 잊곤 한다. 제주도의 이호테우해수욕장은 하수 처리장 근처에 있어 하수를 방류할 때면 가끔 물이 탁해지고 악취가 날 때가 있다. 그날은 날이 점점 추워지기 시작한 10월, 목이 약간 붓고 온몸에 근육통이 있는 날이었다. 몸은 피곤했지만, 며칠째 서핑을 못 하고 있었기 때문에 퇴근 후 1시간을 운전해 이호까지 갔다. 이호 바닷물에선 좀 냄새가 났다. 해가 짧아지고 있어 1시간 정도밖에 못 탔지만, 그날 파도가 나와 잘 맞았는지 정말 손에 꼽힐 정도로 재미있게 탔다. 머리끝부터 발끝까지 행복감에 만취되어 귀가했다. 서핑하느라 저녁을 건너뛰어 라면 하나 끓여 먹고 누웠다. 물에 있을 땐 몰랐는데, 씻고 나니 몸이 아프다는 것이 느껴졌다. 그리고서 나는 다음날 고열이 났고, 결국 링거를 맞아야 했다. 편도염으로 목에 고름이 잡혀 있었는데 그 상태에서 1시간이나 깨끗하지 않은 바다에서 서핑을 한 탓이었다. 아픈 줄도 모르고 무언가를 해 보기는 어린 시절 이후로 오랜만이었다.

영화 〈폭풍 속으로〉(Point Break, 1991)는 서핑 입문자라면 한 번쯤은 보게 되는 오래된 서핑 영화다. FBI 요원인 조니는 '범인은 서퍼'라는 유일한 단서만 갖고서 은행 강도 사건에 투입된다. 캘리포니아 해변에서 서핑을 배우며 친해진 보디 무리가 범인이라는 증거를 발견하고, 곧 보디도 조니가 FBI 요원임을 알게 된다. 오랜 시간 동안 보디를 쫓던 조니는 50년 만에 큰 파도가 온다는 곳에서 보디를 기다린다. 그곳에서 둘은 서로 마주하고, 조니가 그를 체포하기 직전, 보디는 마지막으로 한 번만 파도를 타게 해 달라고 부탁한다. 50년 만에 온 파도는 최악의 폭풍우도 함께 몰고 왔다. 파도는 집채만 하고 바다는 성났다. 조니는 보디를 놓아준다. 뒤따라온 상관이 왜 놈을 놓아주냐며 돌아오면 잡으라고 화를 내자, 조니는 말한다. "안 돌아와요." 파도를 타다 집어 삼켜지는 보디를 뒤로하고 조니는 FBI 요원증을 바다에 버리고 떠난다.

조니도 보디도 모두 지금 이 바다에 들어가면 죽으리란 것을 안다. 그래서 조니는 보디를 놓아주었을 것이다. 감옥에서 썩을 바에야 파도를 타다 죽는 것을 택하게 해준 것이다. 파도를 타다 죽다니. 사형장에서 죽거나 감옥에서 평생을 보내다 죽는 것에 비해 너무 행복한 죽음 아닌가. 나는 보디가 죗값을 치르지 않은 거나 마찬가지라고 생각했다.

나의 삶이 마음에 들 때는, 이미 많은 행복을 누린 것 같아서 지금 죽어도 하나도 아쉽지 않을 것 같다는 마음과, 이 행복을 계속 누리고 싶어 정말 죽기 싫은 마음이 동시에 든다. 마치 만기된 적금을 찾듯이 미래의 어느 시점이 되어야만, 혹은 무언가를 달성해야만 행복을 맛볼 수 있다면 억울할 것 같다. 다행히도 난 냉장고에서 맥주를 꺼내 마시듯 내 일상 속에 행복이 있다는 마음이 든다. 굉장한 행운이다. 서핑을 계속하고 싶어서 죽기 싫으면서도, 만약 꼭 죽어야 한다면 나는 지금 충분히 행복하니 남은 사람들이 나를 불쌍하게 여기지 않아도 된다고 말하고 싶다.

행복 게이지 80

고요히 잠들 수
있게 되었다

≋

≋

나는 중학교 때부터 음악이나
라디오 없이는 잠들지 못했다. 불을 끄고 사방이 조용해지면
그때부터 꼬리에 꼬리를 문 생각들이 떠올라 정신이 점점 더
말짱해졌다. '오늘 내가 말을 그렇게 해서 걔가 기분이 안 좋
아졌을까? 나를 싫어하게 되면 어쩌지?', '어떻게 해야 엄마
가 핸드폰을 사주실까?'와 같은 고민거리부터 '라디오 작가
가 되면 어떨까?', '독립은 언제 할 수 있을까?'와 같은 미래에
대한 생각까지 끝이 없이 이어졌다. 몸은 가만히 누워있지
만 뇌는 활발하게 움직이니 잠들기 어려웠다. 그래서 생각을
멈추고 잠에 빠져들기 위해 음악을 듣거나 라디오를 틀어 놨

다. 들리는 것이 있으면 다른 생각을 하지 않게 되어 잠들 수 있었다. 영어 듣기 공부를 한다는 핑계로 갖게 된 미니컴포넌트가 중·고등학교 시절 나의 입면을 책임져 주었다. 매일 밤 정지영 아나운서나 故 신해철 씨의 목소리를 들으며 잠을 청했다.

대학에 가고 나서부터는 매일매일 술을 마시고 잠이 드는 습관이 생겼다. 다이어리는 술 약속으로 빼곡했다. 사실 술을 마시고 자는 건 잠든다기보다는 취해서 기절하는거나 마찬가지였다. 그때는 다음 날 아침에도 숙취 없이 벌떡벌떡 일어났다. 20대의 젊은 몸이었기에 가능했지 지금이라면 피하고 싶은 생활 패턴이다. 술을 마시지 않는 날에는 다운받은 영화나 드라마를 보다가 잠이 들었다.

직장인이 된 후 침대에 누우면 '그 일을 어떻게 하면 더 잘할 수 있을까?'라거나, '내일은 출근해서 뭘 해야 하는지'에 관한 생각들이 이어졌다. 그런 생각을 하다 자기 때문인지 종종 일하는 꿈을 꿨다. 가끔은 이 일을 내가 현실에서 한 것인지 꿈에서 한 것인지 헷갈리기도 했다. "제가 팀장님께 이런 말씀을 드린 적이 있나요?"라고 물은 적도 있다.

어떤 이는 몸을 피곤하게 해서 침대에 눕자마자 기절하게 만들어 보라고 했다. 하지만 조용하면 잠들지 못하는 습관은 몸을 피곤하게 한다고 해결되는 건 아니었다. 아무리 피곤해도, 고요한 어둠 속에 누워 있는 것이 두려워서 스트레스를 받았다. 얼른 잠들고 싶은데 또다시 꼬리에 꼬리를 문 생각들에 잠식 당해 잠들지 못하게 될까 봐. 이건 습관의 문제가 아니라 심리적인 문제가 아닌가 하는 생각도 들었다. 불 끄고 5분만 가만히 누워 있으면 잠들 수 있을지도 모르지만, 생각의 무게에 짓눌려 잠이 다 깨 버릴 것 같은 마음에 불안해져서 뭐라도 틀지 않고는 못 버텼다. 그 5분을 못 버티는 것이다. 어떨 때는 잠들어야 한다는 강박에 휩싸여 오히려 눈을 감고 있는 얼굴에 힘이 들어가기도 했다. 긴장을 풀고 잠들어야 하는데 내 얼굴은 긴장하고 있었다.

누워서 1시간, 2시간을 잠들지 못하고 힘들어 하는 건 수면장애임이 분명하다. 하지만 중·고등학교 때에는 이게 문제인지 몰랐고, 성인이 되고 나서는 갑자기 주어진 큰 자유를 술과 함께 누리느라 문제라고 생각할 겨를이 없었다. 나의 수면 습관을 바꾸고 싶다고 느낀 건 직장 생활에 몸이 많이 지쳐서 숙면을 취하고 싶다는 생각이 간절해지면서부터다. 하지만 수면제는 근본적인 해결책이 될 수 없다고 생각해서 먹지 않았다. 수면제를 먹고 잠드는 건 진정한 잠이 아니라서, 피로가 안 풀리는 건 마찬가지라고 들었기 때문이다. 나는 내 힘으로 이 문제를 극복하고 싶었다.

심리적인 부분에서 보자면, 다른 사람들의 시선에 대한 걱정과 일에 대한 스트레스에서 벗어나는 것이 필요했다. 내가 걱정한다고 해서 해결될 일은 아니니 지워 버리자는 주문을 걸었다. 어느 날에는 SNS에 '사실 나는 걱정을 사서 하는 사람이다. 그래서 걱정을 좀 덜 사기 위해 매년 노력한다. 오늘 아침에 깨달은 바에 따르면 내 걱정만큼 큰일 날 일은 거의 일어나지 않는다. 일어나지 않을 일에 대해 걱정하면서 너무 많은 시간을 보냈다. 인생에 주어진 걱정 할당량이 있다면 나는 이미 많이 채워서 앞으론 아무 생각 없이 살아도 될 듯하다.' 라고 적었다. 쓸데없는 걱정을 하지 말자고 주문을 걸어도 자꾸 잊고 예전 습관대로 걱정하고 있으니 내가 나에게 계속 말해 주려고 적었다. 밤새 걱정했던 일이 다음 날 아침에 되면 별 게 아닌 일이 된다. SNS에 걱정이 많다고 적은 날은, 무엇 때문에 침대 위에서 걱정에 휩싸여 있었는지 기억도 나지 않는다.

마인드 컨트롤만으로는 나아지는 데 한계가 있었는데 서

핑이 좋은 약이 돼 주었다. 고요한 어둠 속 침대에서는 걱정이 걱정을 낳고 점점 더 번식을 한다면, 바다에서는 걱정을 파도가 싹 가져가 버린다. 내 방 침대에서는 너무 커 보였던 일들도 바다에서 보면 별 것 아니다. 파도를 탈 때마다 걱정을 하나 내려놓고 그 자리를 즐거운 기억으로 채운다. 파도를 잘 타 보려고 집중하다 보면 내게 그다지 중요한 걱정이 아니었던 것들은 어느새 잊어 버린다. 이제는 걱정거리가 생기면 이것을 어떻게 해결할지 생각 속에 파묻히기보다는 서핑하러 가고 싶다는 생각이 든다.

이제는 침대에 누워 걱정을 하는 게 아니라 파도를 생각한다. 오늘 파도를 탔을 때의 느낌을 생각한다. 예전에는 실체가 없는 걱정과 불안한 상상이 고요함 속에서 커졌는데, 지금은 내가 직접 겪고 느낀 즐거운 순간이 차 있어 고요함이 무겁게 느껴지지 않는다.

열다섯 살 이후 십수 년 만에 음악도, 라디오도 틀지 않고 잠을 잘 수 있게 되었다.

흉한 얼룩 대신
예쁜 얼룩에

서울에서 잠시 영어 회화 카페에 다녔을 때의 일이다. 아파트 단지 근처에 있던 곳이라 직장인뿐 아니라 주부들이 회원의 상당수를 차지하고 있었다. 아이들이 어느 정도 크고 나니 남편과 아이들을 위한 것이 아닌 자신을 위한 뭔가를 하고 싶어 영어 공부를 택한 언니들이 대부분이었다. 언니들은 누구보다 열정적이고 적극적이었기 때문에 나는 언니들과 자주 어울리게 되었다.

어느 날 여행을 주제로 대화를 나누던 중, 조용히 듣고 있던 한 언니가 내게 말했다. "내가 다시 태어난다면, 너처럼 살고 싶어." 중3, 중2 연년생 두 아들이 있고, 여유롭게 먹고살 수 있는 돈을 벌어 오는 남편과 함께 사는 언니였다. 6년 동안 하던 일을 그만두고 한 달간의 발리 여행과, 두 달간의 태국 여행을 갈 거라는 내 계획에 관해 이야기하던 중이었다.

'남자 친구가 있는데 왜 혼자 가냐', '결혼하고 싶진 않냐'와 같은 질문이 이어졌다. 나는 (당시의) 남자 친구를 사랑하고 오랜 시간 함께 하고 싶지만 '며느리'가 되기는 싫어서 결혼 생각이 없다, 남자 친구 없는 혼자만의 여행에서도 충분히 행복한 시간을 보낼 수 있고 그것이 서로의 관계에도 도움이 될 거라고 생각한다는 답을 했다. 내 말이 끝나자, 그 언니는 진지한 눈빛으로, 다시 태어난다면 나처럼 살고 싶다고 말했다.

황송한 기분이었다. 나는 보람은 있지만 돈은 안 되는 직업을 선택한 탓에 6년 동안 일한 것에 비해 너무 적은 퇴직금을 받은 상태였고, 월세와 대출 이자에 허덕이며 사는 그저 평범한 30대일 뿐이었다. 마이너스로 가득 찬 내 통장을 못 봐서 그런 걸까? 단지 여행이 부러운 걸까? 특별하다고 생각해 본 적 없는 내 삶도, 누군가에게는 살아 보고 싶은 삶이 될 수 있다는 사실만으로도 많은 생각이 들었다. 마치 배가 깊은 바다 밑으로 닻을 내리듯, 그 말이 내 마음속 깊이 자리 잡았다.

영화 〈패터슨〉(Paterson, 2016)에는 '패터슨 시(City)'에 여행 온 일본인 관광객이 패터슨 시와 이름이 같은 주인공 '패터슨'에게 패터슨 시에 살다니 부럽다는 말을 하는 장면이 나온다. 패터슨 시는 윌리엄 카를로스 윌리엄스라는 유명한 시인이 태어나고 평생을 살았던 도시다. 그곳에 사는 패터슨의 일상은 특별할 것이 없다. 영화는 매일 반복되는 평범한 주인공의 일상을 보여 준다. 월요일부터 그다음 월요일까지. 매일 같은 시간에 일어나고 출근해서 일하다가 퇴근한다. 패터슨의 직업마저 버스 운전사여서 매일 같은 길을 돈다. 월요일에 일어나서 출근하고, 화요일에 일어나서 출근하고……. 자막으로 '월요일', '화요일'이라고 써 주지 않았다면 구분조차 어려웠을 것이다. 그래서 다소 지루하게 느끼는 사람도 있다. 함께 본 친구는 목요일쯤 됐을 때 잠들 뻔했다고 했다. 하지만 윌리엄 카를로스 윌리엄스라는 시인의 팬인 일본인 관광객은 패터슨 시에 산다는 것만으로도 주인공 패터슨의 삶을 부러워 한다. 패터슨에게는 별 감흥이 없는 고향 패터슨에서의 일상이 누군가에게는 굉장한 로망인 것이다.

모든 이의 삶은 빛나는 부분과 어두운 부분을 모두 갖고 있다. 나는 삶이 얼룩져 있다고 생각한다. 어떤 얼룩은 예쁘기도 하지만, 어떤 얼룩은 보기 흉하기도 하다. 그리고 보는 이의 관점에 따라 똑같은 얼룩이라도 예쁘게 보일 수도, 흉하게 보일 수도 있다. 모든 사람은 다른 이의 삶에서 자기가 예쁘다고 생각하는 얼룩만을 본다. 자신의 삶도 남이 보기에는 부러운 삶일 수 있다는 것은 모른 채 말이다. 아마 자기 삶의 흉한 얼룩에 가장 많이 집중하는 건 자기 자신일 것이다.

직장을 그만두고 여행을 앞둔 당시, 나는 이제 고정적인 수입이 없고, 앞으로도 벌 수 있을지 없을지 장담할 수 없는 데다가, 모아둔 돈도 없이 그만둬서 불안한 삶에 내던져졌다고 생각할 뻔했다. 하지만 다행히 그렇게 되지 않았다. 영어 회화 카페에서 만난 언니의 한 마디 때문에 나는 내 삶의 예쁜 얼룩에 더 집중할 수 있게 되었다. 나는 돈은 많이 못 벌었지만 의미 있는 일을 6년이나 해냈고, 일을 멈추고 싶을 때 멈출 수 있는 용기가 있었고, 내가 원하는 것을 위해 자유롭게 떠났다. 그리고 지금은 고향을 떠나 제주에서 살고 있다. 제주에 살면서 얻은 것도 있지만, 당연히 잃은 것도 있다. 제주에서의 삶에도 이런저런 얼룩이 묻어나지만, 아름다운 얼룩이 더 많아 보이는 건 기분 탓일까.

올해 들어 제주에도 미세먼지가 많아졌습니다. 제주에서 태어난 친구는 흐린 하늘을 이렇게 자주 본 건 처음이라고 했습니다. '안개가 꼈나' 했는데 미세먼지여서 놀랐다고요. 제주의 화북이란 동네 어느 바다에 누군가 기름을 방류해 바다가 더러워졌다는 소식을 들었습니다. 여전히 저의 관심사는 제주, 바다, 파도, 서핑입니다.

요즘 제주 곳곳에는 귤꽃이 피었습니다. 눈에 확 띄진 않지만, 코로 알 수 있습니다. 중산간 도로를 달리다 보면 때때로 귤꽃 향기가 차 안을 덮쳐 옵니다. 서울에서는 맡아 보지 못했던 향입니다. 제주는 계속 새로운 것을 알게 해 줍니다.

오전조로 출근했던 어느 날, 퇴근하고 한 시간이 넘는 거리를 운전해서 바다에 갔습니다. 간간이 차 안으로 훅 들어오는 귤꽃 향기에 감탄하면서 말이죠. 퇴근 후 바다에 가면 돌아올 때는 깜깜한 산길을 운전해야 하는 부담이 있습니다. 하지만 파도 차트가 좋아서, 기대감이 피곤함을 이겨서 바다로 간 날이었습니다.

하지만 파도는 차트대로 들어오지 않았습니다. 제가 어려워하는 스타일의 파도여서 제대로 타지 못하고 패들링만 하다가 힘이 다 빠졌습니다. 녹초가 된 몸을 끌고 어쩐지 더 무거워진 듯한 보드를 들고 바다에서 나오는 길에 조금 우울해지려던 찰나, 갑자기 제 마음 속의 누군가가 외쳤습니다. '어떻게 맨날 재밌게 타냐?!' 하고 말입니다.

집으로 돌아오는 길, 저녁 식사를 때워야 하고 졸릴 것이 걱정도 되어 고추냉이가 들어간 김밥을 포장했습니다. 김밥도 기대만큼 맛있지는 않았습니다. 맞아요. 어떻게 매일매일 행복하겠어요. 하지만 내가 좋아하는 것을 포기하지 않고, 좋아하는 것이 뭔지 분명히 알고 있다는 것만으로도 내 삶이 마음에 든다는 생각이 들었습니다. 문득 본 백미러를 가득 채운 한라산 자락과 노을빛 때문에 갑자기 다시 기분이 좋아져서 그랬을지도 모릅니다.

사람은 언제부터, 미래를 위해 현재의 일부를 잘라 깊은 서랍 속에 보관하게 됐을까요? 지구상의 다른 동물들은 그렇지 않은대요. 서랍 속에 쌓아둔 '현재'들을 언젠가는 꺼내서 빛나게 누릴 수 있다면 좋겠지만, 그 '현재'들은 서랍 속에서 빛이 바래 가는 경우가 많습니다.

저는 지금 제가 하고 싶은 것에 집중하면서 미래 또한 단단하게 만들고 있다고 생각합니다. 아무리 대비를 해도 나쁜 일은 분명히 저를 찾아올 것이고, 인생은 계획대로 흘러가지 않잖아요. 내 뜻대로 어찌할 수 없는 일들을 만났을 때, 너무 많이 휘청거리지 않을 수 있도록 심지를 굳게 만들어 가는 거죠. 지금 내가 좋아하는 것을 따라 가면서요.

언제까지 제주에 살지는 모르겠지만, 당분간은 육지로 이사 갈 생각은 없습니다. 섬 생활이 생각보다 잘 맞아서 다행입니다. 서핑을 좋아하는 마음이 섬 생활의 불편함을 이길 수 있게 해 준 건지도 모르겠습니다. 실제로 저의 행복 게이지는 섬에 온 이후로 늘 100에 가까운 상태입니다. 치앙마이에서 제주로 오기 전 삶의 행복 게이지가 낮은 곳에서 잔잔하게 들쑥날쑥했다면, 지금은 100 가까운 곳에서 들쑥날쑥합니다. 삶이라는 게 마음 같지 않아서, 앞으로 더 좋은 날이 있을지도 몰라서, 정확히 100이라고는 말할 수 없지만, 이전 보다는 분명 행복합니다.

제가 이렇게 살 수 있는 건 오로지 저의 힘만으로 가능했던 건 아닙니다. 제주에 살고 서핑을 할 수 있는 것도, 글을 쓸 수 있는 것도 많은 사람들의 도움 위에 펼쳐졌다고 생각합니다. 자유를 포함하여, 인간으로서 누려야 할 최소한의 권리조차 보장 받지 못하는 많은 사람들이 있습니다. 한때는 그들을 위해 싸우겠다는 꿈도 있었고, 실제로도 싸웠습니다. 지금은 다른 삶을 살고 있지만, '나의 행복을 좇아 살더라도 남의 행복을 위해 무언가를 행할 수 있는 사람이 되자'는 다짐을 합니다.

이 책도 물론, 높은 곳의 소수보다 낮은 곳의 많은 사람들이 더 행복해졌으면 하는 마음에서 시작되었습니다. 실제로 이런 마음이 전해지길 바랍니다.

2019년 초여름,
제주에서 김민주

바다의 파도에
몸을 실어, 〰〰〰〰 서핑!